»Sterben. In Leichtigkeit.« Wie und wann wird das sein. Und wird es dann das Ererbte sein. Dieses Gestorben-Werden, im Passivum. Erdrückt von den Hinterlassenschaften der Täter und Zuschauer. Die beschwiegene Nazi-Vergangenheit wird zum körperlichen Symptom, und der hinfällige Körper – als Pflegefall degradiert – zum Ort der Erzählung.
Auf einem winterlichen Spaziergang folgt Geraldine Denner ihren Gedanken. Sie will ihre Geschichte nicht verdämmern lassen, sie will sterben können. Sie hofft, wissend zu bleiben. Und in der nicht vergessenen Erzählung vom eigenen Leben jene Leichtigkeit zu finden, die das Ende in Würde verwandelt.
In Andrej Tarkowskijs Film »Nostalghia« wünscht sich Domenico ein »Sterben *aus* Leichtigkeit«. Die Opernsängerin Geraldine Denner in dieser Novelle von Marlene Streeruwitz hat diese Möglichkeit nicht: Zu brutal war sie in das kollektive Schweigen gezerrt worden. Aus dieser Auslöschung im Leben wünscht sie sich eine Leichtigkeit der Überwindung für den letzten Augenblick.
«Dachte nur sie immer daran. Dachte nur sie die ganze Zeit daran, wie das sein würde. Dieser letzte Augenblick. Und würde sie dann daliegen und sich denken, dass es das nun war. Und dass das nur sie wissen würde, wie das war. Dieses Geheimnis nur ihr gehören würde.«

Marlene Streeruwitz, geboren in Baden bei Wien, studierte Slawistik und Kunstgeschichte und begann als Regisseurin und Autorin von Theaterstücken und Hörspielen. 1996 erschien ihr erster Roman ›Verführungen.‹, für den sie den Mara-Cassens-Preis erhielt. Weiter sind im S. Fischer Verlag und im Fischer Taschenbuch Verlag lieferbar die Romane ›Nachwelt.‹, ›Lisa's Liebe.‹, ›Partygirl.‹ und ›Jessica, 30.‹, die Erzählungen ›Majakowskiring.‹ und ›Norma Desmond. A Gothic SF-Novel.‹ sowie der Band mit sämtlichen Theaterstücken ›Waikiki-Beach. Und andere Orte.‹. Unter dem Titel ›Gegen die tägliche Beleidigung.‹ sind Vorlesungen über Literatur und Politik erschienen. Für ihre literarischen Arbeiten wurden ihr zahlreiche Preise verliehen, u. a. der Österreichische Würdigungs-Staatspreis für Literatur, der Hermann-Hesse-Preis und der Walter-Hasenclever-Preis. Marlene Streeruwitz lebt in Wien und Berlin.

Unsere Adresse im Internet: www.fischerverlage.de
Die Autorin im Internet: www.marlenestreeruwitz.at

Marlene Streeruwitz

MORIRE IN LEVITATE.

Novelle

Fischer
Taschenbuch
Verlag

Ungekürzte Ausgabe
Veröffentlicht im Fischer Taschenbuch Verlag,
einem Unternehmen der S. Fischer Verlag GmbH,
Frankfurt am Main, Juni 2006

Druck und Bindung: Clausen & Bosse, Leck
Printed in Germany
ISBN-13: 978-3-596-16578-0
ISBN-10: 3-596-16578-4

Herzen brachen. Sie steckte ihre Hände tiefer in die Manteltaschen. Herzen konnten brechen. Sie hätte die Daunenjacke anziehen sollen. Der Stoffmantel nicht warm genug. Ihres. Ihr Herz. Das würde diese dünne Linie entlang. Diese Linie. Links. Links vom Brustbein. Diesen scharfen Schmerz entlang. Innen. Diesen Schmerz entlang. Der aus der Erinnerung aufstieg. Der aus der Erinnerung aufsteigen konnte. Mittlerweile. Dieser messerklingenscharfe Schnitt links in der Brust sich an sich selbst erinnern konnte. Längst nicht mehr die drängende Schwere einer Verzweiflung brauchte. Sich sammeln konnte. Zu diesem fadenspitzen Stechen gerann. Der Schmerz ein heller Metallfaden die Brust herauf gespannt. Mit sich trug. Oft.

Oft lange. Auf einem Röntgenbild zu sehen sein hätte müssen. Unter dem Rippenansatz gerade herauf. Aber bei Röntgenaufnahmen nie zu spüren gewesen. Gerade nicht zu fühlen. Und dann auch nichts zu sehen gewesen war. Nichts zu sehen sein konnte. Aber da brechen würde. Der Schmerz sich verfestigt hatte. Da. Über die Jahre hatte der Schmerz sich verfestigt und zugespitzt. Dumpfer gewesen. Am Anfang. Früher. Und immer frischer geworden. Im Lauf der Zeit. Keine Narbe. Keine Narbe geworden. Das Gegenteil einer Narbe. Das genaue Gegenteil einer Narbe. Der frische Schnitt.

Sie blieb stehen. Der Schal war verrutscht. Der eisige Wind um den Hals. Um die Ohren. Sie zog die Handschuhe aus. Verknotete den Schal neu. Zog die Handschuhe wieder an. Der Wind von Norden. Über das Leithagebirge herüber auf den See hinaus. Das Wasser im Kanal rechts vom Weg. Das Wasser gerade während des Zufrierens. Das Wasser dicklich. Durchsichtig. Schwer. Unbeweglich unter dem Wind. Aber noch kein Eis. Der Wind raschelnd in den Weiden am Ankerplatz. In den Heckenrosenbüschen. Im Schilf. Der Wind trieb Schilfreste vom Schilfschnitt über den Lagerplatz links.

Sie ging schneller. Warum war es ihr nun gleichgültig geworden. Und war das endgültig. Oder war das wieder so eine Stufe auf dem Weg. Eine von diesen Raststationen. Zum Gewöhnen an die Verluste. Eine von diesen Plattformen. Auf denen man zu stehen kam. Zum Verschnaufen. Und sich gewöhnen. Dass wieder etwas nicht funktionierte. Nicht mehr so funktionierte. Jedenfalls nicht so funktionierte wie früher. Die Augen. Die Zähne. Die Gelenke. Der Magen. Die Blase. Und dann die Ersatzteile. Die Hilfsmittel. Die Prothesen. Nicht zu bemerken. Außen nicht zu bemerken. Bis jetzt. Bis jetzt war ihr von außen nichts anzusehen. Nur Vorbereitungen. Jetzt einmal nur Vorbereitungen für später. Wenn es dann offensichtlich werden sollte. Sie war zu jung. Sie war noch zu jung für dieses Offensichtliche. Aber das Training lief. Der Stolz wurde niedergezwungen. Jeden Tag. Jeden Tag ein bisschen. Nicht mehr ohne Brille einkaufen können. Kein einziges Ablaufdatum ohne Brille zu entziffern. Oder die Rechnung. Die Rechnungen. Die Zahlen grauschattig. Sie musste auf die Leuchtanzeige der Kassierin schielen. Bei »Merkur« war ihr sogar die zu klein. Und sie konnte nicht immer 50er Euroscheine hinhalten und darauf hoffen, richtig herauszubekommen. Es war ein Verlust. Ein kleiner Verlust. Die Handlungsfähigkeit nicht wirklich eingeschränkt. Es war höchstens so unangenehm wie das Sodbrennen nach Kaffee. Nicht stark. Nicht umfassend. Nicht wirklich hindernd. Aber dauernd da. Sie gab den Kaffee nicht auf. Sie würde den Kaffee nicht aufgeben. Warum sollte sie nicht mehr Kaffee trinken. Aber dieses selbstverständliche Schlendern in der Welt. Diese vollkommene Unbehelligtheit. Die gab es nicht mehr. Eine Brille und Rennie-Lutschtabletten und Betablocker und ein Schal für die Schultern. Das waren Notwendigkeiten geworden. Voraussetzungen. Voraussetzungen für Funktionieren. Und in einer Handtasche herumzuschleppen. Ausgerüstet sein. Aus dem Haus laufen. Nur so. Das ging nicht mehr. Aus dem Haus gehen. Das war eine Expedition geworden. Und das würde schwieriger werden. Und hoffentlich würde sie nie inkontinent. Aber warum sollte ihr das erspart werden. Warum sollte ihr das erspart bleiben. Immerhin war dafür noch Zeit. Das war dann immerhin noch 20 Jahre entfernt. Oder 15. Zumindest 10 Jahre sollte sie noch haben. Ohne eine solche Komplikation. Und vielleicht war es ja vorher. Vorbei. Ein flash. Diese Linie entlang. Ein Riss. Und aus. Und nur das Gefühl von Ohnmächtigwerden. Dieses Gefühl nicht. Dieses mühselige Ziehen hinter den Augen und der Kehle. Und Ankämpfen dagegen. Schlucken. Würgen. Und vor und zurück. Im Kopf. Dieses Vor-und-Zurück. Das dann langsamer wurde.

Und zerrender. Und der Eindruck, dass es sich beschleunigte, daher kam, dass dieses Hinauszerren und Zurückschnellen immer kürzere Strecken zurücklegte. Die erste Phase der Lähmung offenkundig darin bestand. Diesem Ziehen ohne Gegenwehr. Ausgeliefert. Sich selbst von innen in diese erste Lähmung ausgeliefert. Es ja der eigene Kopf machte. Das eigene Blut. Und was für eine Ungerechtigkeit. Den Tod mit der eigenen Wahrnehmung. Das Letzte von sich selbst. Selbst. Der eigene Todesengel. Bisher nur bis dahin. Bisher war sie nie wirklich ohnmächtig geworden. Bisher das Schlucken und den Kopf heben und es nicht wollen. Bisher hatte das geholfen. Bisher hatte sie immer solche Angst gehabt. Hatte die Besinnung nicht verlieren dürfen. Unter keinen Umständen sich selbst verlieren. Bisher hatte die Angst sie immer noch gerettet.

Eine Traube weißer Bälle hing von einer Weide. Weiße Bälle in einem Netz zusammengehalten. Rechts. Die Bälle grauweiß. Mehr als 20 Stück mussten das sein. Sie blieb nicht stehen. Sie hätte stehen bleiben müssen, die Bälle zu zählen. Die Weide über dem Kanal. Auf der anderen Seite des gallertigen Wassers. Die Bälle hingen in der Weide. Ruhig. Bewegten sich nicht im Wind. Die Balltraube schwer wie das Wasser. Das Schilf. Die Büsche. Die Bäume. Alles vom Wind in den

Süden gebogen. Raschelnd und wispernd und in Bewegung. Das Wasser unberührt und glatt. Nur der Wind zu hören. Kein Flugzeug. Kein einziges Flugzeug über dem See. Kein Flugzeug in der Warteschleife kreisend. Tief über der Landschaft auf den Flughafen zu. Sonst oft 3 oder 4 Flugzeuge ihre Kreise zogen und immer tiefer. Das Dröhnen von oben und vom Hügelzug zurückgeworfen. Der Himmel leer. Der Himmel dünn blau und durchsichtige Wolkenbänke. Und nur der Wind. Im Schilf und in den Bäumen. Der Himmel dem Himmel. Und keine Masten. Keine Masten zu sehen. Keine Fernleitungsmasten in den Himmel. Auf der Fahrt über die Autobahn links die riesigen Masten. Nun schon in 3 Reihen über die Hügel. Es war sinnlos gewesen zu demonstrieren. Gegen dieses Mastengestelze zu unterschreiben. Wahrscheinlich hatte das sogar das Gegenteil erreicht. Das Interesse war damals aufgebraucht worden. In den 80ern. Und erledigt. Als wäre damals alles ohnehin erledigt worden. Und gerade erst wirklich notwendig gewesen wäre. Jedenfalls hatte sich das Gefühl verändert. Niemand nahm noch an, etwas verändern zu können. Etwas abzuändern. Und schon gar nicht gemeinsam. Und schon gar nicht für die Natur. Für eine Landschaft. Sie würde noch die fünfte Reihe von Masten entlangfahren müssen. Von Ungarn nach Norden. Eine Notwendigkeit würde das genannt werden. Eine wirtschaftliche Notwendigkeit. Und kein Argument dagegen. Schönheit. Schönheit eine ungültige Eintrittskarte geworden. Machte sie das so einsam. Der Verlust dieser Argumente. Ihrer gewohnten Argumente. Die, die sie nachgelernt hatte. Weil sie mit dem Verlust dieser Argumente die Möglichkeit verloren hatte, dazuzugehören. Dazugehören zu können. Hatte sie die Eintrittsparolen versäumt. Verlernt. War sie nicht nahe genug dabeigeblieben. Hatte etwas überhört. Hatte nicht mitbekommen, wie die Passwörter gewechselt worden waren. Hatte sich nicht genug angestrengt, alles zu verstehen. Aber es gab keine mehr. Es gab ganz einfach keine Passwörter mehr. Und das war die einzige Demokratisierung. Keine Passwörter mehr. Aber auch gleich gar nichts mehr, was mit denen zugänglich sein hätte können. Und bei ihr fiel das noch mit dem Altwerden zusammen. Das war doppelt enttäuschend. Keine Gesellschaft mehr. Nur noch Altäre. Und kein Kirchenschiff, einen aufzunehmen. Die Ministranten liefen noch herum und bimmelten und schenkten Wein ein. Aber es hatte jede Bedeutung verloren. Es war nur noch das Laufen und das Bimmeln. Es ging nur noch darum, wie viel Wein eingeschenkt wurde. Es ging nur um die Regulierung. Es ging nur noch darum, wie weit die sechste Reihe der Strommasten von der fünften entfernt sein würde. Und es ging sie nichts an. Es ging niemanden etwas an. Es ging wiederum niemanden etwas an. Es war alles sehr weit zurückgedreht. Und es war alles eine Mischung aus allen Zeiten, in denen es niemanden etwas angegangen. Jedenfalls nicht Leute wie sie. Die waren Zuschauer. Sie waren alle höchstens Zuschauer. Und die Bildschirme dafür schon überall. In den Wartehallen. In den Zügen. In den Bussen. Im Taxi. Und immer CNN. Oder ein Film aus Hollywood. Und irgendwann dann nur noch Exekutionen laufen würden. Folterungen. Live. Sie würde auf ihr Gepäck warten. Am Flughafen. Sie würde aus Athen zurückkommen. Sie würde am Orakel von Delphi gesessen sein und sich erinnert haben. An das Dasitzen vor 40 Jahren. Die Fotos von damals in der Wirklichkeit entlanggehen. Die Erinnerungen entlanggegangen sein. Und beim Gepäck-Einsammeln. Vor dem dahinrumpelnden Förderband. Da würde dann einer Frau die Brustwarze verbrannt werden. Auf dem Bildschirm. Und die Stimme des Verbrenners. Zigaretten bald ohnehin nur noch von Folterern öffentlich verwendet werden durften. Die raschen Worte der Frau. Das Keuchen. Die Fragen der Sicherheitsleute. Ein Bass gegen den Sopran der Frau. Die Stimme immer höher während des Aufziehens des Atems. Es immer solche Duette sein würden. Frauenstimme und Männerstimme gegeneinander. Die Frauenstimme auf der Flucht und die Männerstimme ihr nachstellen. Und erst im Augenblick der Zufügung ineinander. Verzweiflung und Jubel. Oper. In der Oper das immer schon so. Und deshalb möglich. Und deshalb unausweichlich. Und deshalb unglaublich. Es gab Folter, weil es die Oper gab. Und deshalb glaubte man ihr nicht. Konnte ihr nicht glauben. Weil es so sehr eine Wirklichkeit war. Und man würde es ihr nie glauben, weil sie es wusste. Man sollte endlich anfangen, den Täterkindern zu glauben. Weil die es wussten. Weil die es am besten wussten. Weil die es wissen mussten. Und sie. Sie musste es am besten wissen. Wusste es am besten. Wegen ihrer Herkunft und ihrer Ausbildung. Sie konnte die Partien schließlich singen. Hätte sie singen können. Sie wusste, wovon das alles handelte. Die Zuhörer. Und es waren immer Männer, die zuhörten. In der Oper. Während der Oper verwandelten sich alle in Männer. Mit dem ersten Takt der Ouvertüre schlüpften diese Männergesichter hervor. Und die Schultern dazu. Und die Uniformen. Und die geschwollenen Schwänze. Und die tränenspendenden Augen. Die sie singen sehen wollten. Die sehen wollten, wie es gemacht wurde. Ganz offen und für alle sichtbar wollten die vorgeführt bekommen. Wie es gemacht wurde. Ganz offen eine Anleitung. Und nur für die Person. Für die Person, die es singen musste. Für die war das Wirklichkeit. Für die war das trainierte Wirklichkeit. Wie jede andere Wirklichkeit auch. Alle ausgebildet wurden. Alle ausgebildet worden waren. Alle hatten eine Ausbildung bekommen. Ein Training. Die Folterer auch Kurse machten. Ausbildung und Weiterbildung. Die in Chile. Die, die da in Chile. Die waren in die USA gefahren. Dazu. Die hatten Koffer gepackt. Ihre Toilettenartikel in das Necessaire. Zahnbürste. Zahnpasta. Rasierzeug. Oder make-up. Die Pinzette für das hartnäckige Haar am Kinn. Pyjama. Trainingsanzug. Nette Kleidung für die Abendessen. Für die gemeinsamen Abendessen. Mit den Ausbildnern. Den Funktionären des Gastlands. Steaks und baked potatoes und 3 Saucen. Etwas Bequemeres für den Erfahrungsaustausch im kleineren Kreis. Beim Tontaubenschießen.

»Achtung Jagdbetrieb«. Eine Tafel. Rechts am Weg. Schwarze Schrift auf weißem Grund. Der Kanal dahinter. Das Wasser stumpf. Fast schwarz. Kein Licht sich mehr spiegelte. Schilf nach rechts hinaus. Weithin. Nach Süden. Am Ufer auf der anderen Seite noch Bäume. Vereinzelt. Nach links das Schilf abgemäht. Eine kahle Fläche tiefer unten. Auf der Böschung. Neben dem Weg. Brandflecken auf dem Boden. Die Geräte der Schilfbauern. Rostige Rahmen zum Messen der Schilfgarben. Rahmen mit Messern. Rostige Rahmen mit scharfen Metallspitzen in die Höhe. Weiter vorne riesige Schilfbündel aufeinander getürmt. Und noch weiter vorne aufgestellt. Die Bündel gegeneinander gelehnt. Als stünden Hütten da. Schilfhütten. Die Schilfhütten in 2 Reihen. Mindestens 20 davon.

Das hatte nun niemand verstanden. Sie hatte es niemandem sagen können. Aber sie war damit auch diesem Verständnis entkommen. Die Diagnose hatte einen Namen für ihre Geschichte gefunden und sie darunter erstickt. Sie selbst konnte das erst sehen. Hatte das erst sehen können. Jetzt. Nachdem es nun niemanden mehr gab, der ihre Geschichte wissen hätte können. Und sie erzählen. Und sie deshalb ihre Geschichte selbst erzählen musste. Damit beginnen hatte müssen, sich selbst zu erinnern. Weil niemand anderer die Erinnerungen haben konnte. Weil sie sich ihre Geschichte zu erzählen beginnen hatte müssen, damit sie nicht verschwand. Nicht wie die alten Leute im Hildegardenheim. So vage herumsitzen und sich an sich selbst nicht mehr erinnern. Bevor die dahin gekommen. Und zuallererst hatte sie sich erzählen müssen, dass die Diagnose schon eine Geschichte gewesen. Eine Schale, in die ihre Geschichte eingeschlossen worden war und verborgen. Die Diagnose zwischen ihr und der Welt eine dünne Wand. Sie auch vor der Welt geschützt. Sie versorgt. Letzten Endes verdankte sie dem Namen ihrer Krankheit. Dem Namen, hinter dem sie versteckt worden war. Ihre Versorgung kam aus diesem Namen. An ihr. An ihr selbst war dann nur noch diese Diagnose interessant gewesen. Alle hatten sich an diese Diagnose geklammert. Sie auch. Alles war in dieser Diagnose gebündelt. Alle konnten ihren Beitrag zu dieser Diagnose im Namen ihrer Krankheit verbergen. Und alle konnten sich zusammenrotten, sie von dieser Diagnose wieder zu befreien. Aber zuerst an diesen Felsen geschlagen hatte werden müssen. Hatte werden wollen. Nicht einmal der Gerhard hatte Interesse an ihr gehabt. Der Gerhard hatte eine Beziehung zu ihrer Diagnose gehabt. Ihre Krankheit war ihre Schönheit gewesen. Und warum hätte Gerhard ihr dann zur Hässlichkeit einer Gesundung verhelfen sollen. Oder die anderen. Der Großvater. Eltern. Lehrer. Agentin. Wenn sie nicht singen wollte. Wenn sie nicht singen hatte können. Dann musste sie wenigstens krank gewesen sein. Wie konnte sonst eine solche Begabung so verschwendet werden. Die setzten alle die Krankheit als Ursache ein und waren für nichts mehr verantwortlich. Irgendwann muss man erwachsen werden. Irgendwann muss man die Verantwortung für sich selbst übernehmen. Und wenn man das nicht tat. Dann gab es eine andere Aufschrift auf dem Kinderzimmer. Und dann starben sie alle. Der Gerhard war selber gefangen gewesen. Der Gerhard. Der war ja selber gefangen gewesen. Der hatte sich halt weggearbeitet. Von seiner Familie. Der hatte sich sein Entkommen dann glauben müssen. Er war nicht so stark gewesen wie sie. Sie hatte immer alle mit sich belästigen können. Sie hatte immer die Kraft aufbringen können, die Verursacher zu beschuldigen. Das konnte nicht jeder. Das konnte nicht jeder, die Verursacher aus der Verantwortung. Aber bei Gerhard alles so direkt gewesen. So klar. So wenig verschwommen. Der sexsüchtige Vater. Die asthmatische Mutter. Die Frau, die ins Keuchen kam, wenn der Mann es gerade irgendwo mit einer anderen trieb. Die mit dem Keuchen weit über die Grenze hinauskam. Weiter als mit Sex. Und der Vater dafür bei ihr geblieben war. Weil sie ihm diese Atemlosigkeit geschenkt hatte. Gerhards Liebe. Die war direkt simpel dagegen gewesen. Er hatte sich gleich die Krankheit und die Kranke dazu ausgesucht. Er war Arzt geworden, um seine Mutter zu retten. Und dann hatte er sie gefunden. Die Diagnose und die Verkörperung. Fertig. Er hatte sie schon fertig krank gefunden. Sie hatten in ihrer Beziehung nichts mehr machen müssen. Dazu. Dass sie krank wurden.

Die Krankheiten zum Ausbruch bringen. Mit dem Gerhard. Das war Lieben. Das war bedingungslose Liebe. Das war die Liebe, in die die Diagnose eingeschlossen war. Mehr Liebe gab es nicht. Er hatte ihren Arien zugehört. Diesen schnellen Klagen und dem Geschluchze. Sie war auch ins Keuchen geraten. In dieses gepresste Atmen. Zweimal aufziehen. Die Luft einsaugen. Anhalten. Das Atmen unterbrechen. Wieder einsaugen und das Zwerchfell in die Höhe drücken. Die Luft von oben gegen das hochgeschobene Zwerchfell und diesen Schnapplaut. Und dann die Luft nicht aus den Lungen bekommen. Und immer wieder aufziehen. Die Brust füllen. Und wohl von damals. Das Brennen innen zu dieser Linie geworden. Und wenigstens vorne. Vorne und tief drinnen. Kein Stigma. Nie eine Lanze in ein Herz an dieser Stelle gestochen. Ihre Wunde. Ihre eigene Wunde. Und ja nicht einmal Gerhard davon erzählt. Nicht einmal in den Augenblicken. Dann, wenn dieses Wissen voneinander. Wenn das sich ins Geschlechtliche. Wahrscheinlich konnte man das nicht Sex nennen. Was sie so. Es war mehr so eine Übereinstimmung im Vermeiden gewesen. Im Schonen. Eine Inszenierung des Allernötigsten. Allen Theorien zufolge hatte sie natürlich zu wenig davon gehabt. Aber hatte jemand Sex. So richtig viel Sex. Hatten das diese Ehepaare. Die einem entgegenkamen.

Beim Spazierengehen. Die so nebeneinander dahin. Die einen so gemeinsam ansahen. Oder waren das immer Tätergemeinschaften. So wie der Großvater und die Gerda. Dann. Gerhards Liebe. Die war selbstlos gewesen. Das sicher. Und Sex wäre eine Belästigung gewesen. Da waren diese kleinen Rituale. Die waren richtiger gewesen. Eleganter. Das Gegenteil eben. Und der Gerhard hatte sie genug geliebt, nicht zu Hause zu sterben. Es war fürsorglich gewesen. Von ihm. In seine Abteilung im Spital zu gehen und dort zusammenzubrechen. Sie hatte ihn nicht einmal mehr sehen müssen. Obwohl einem dann schon einfiel, dass er das alles auch inszeniert haben hätte können und jetzt irgendwo mit einer der Krankenschwestern glücklich vor sich hin lebte. Und zufrieden. Ein ganz anderes Leben. Nicht so versaut wie ihres. Wie ihres. Wie.

Der Wind riss den Schal nach vorne. Ihr Hals. Das Ohr. Sofort eisig. Sie musste stehen bleiben. Der Weg teilte sich. Führte in einem Halbkreis um eine Baumgruppe. Sie stellte sich vor einen Baum. In den Windschatten. Der Wind um den Baum von beiden Seiten. Am Stamm war es ruhig. Sie richtete den Schal. Die Hände in den Handschuhen ungeschickt. Sie musste die Handschuhe ausziehen. Den Schal neu knoten. Sie legte den Schal über die Haube. Schlang die Enden vorne übereinander. Verknotete die Enden hinten. Wie eine alte Frau. Sie zog die Handschuhe wieder an. Oder wie eine Muslimin. Sie lehnte sich gegen den Baum. Sie war eine alte Frau. Ihre Mutter war mit 50 eine ältliche Person gewesen. Dick und unbeweglich. Eingeschränkt. Und nur weil sie selber noch gut aussah. Noch ganz gut. Das war die beste Erbschaft einer gut in Schach gehaltenen Anorexie. Figurprobleme gab es dann nicht. Deshalb war sie aber nicht weniger ängstlich als ihre Mutter es in diesem Alter gewesen war. Und dann war sie ja auch bald gestorben. Als Erste. Sie hatte als Erste aufgegeben. Und dem Vater. Dem war es dann ganz gut gegangen. Dem hatte der Tod seiner Frau gut getan. Den hatte die Verantwortung für sie niedergedrückt. Und dass sie immer dabei gesessen war. Dass sie diesem Vater von ihm jahrzehntelang dabei zugesehen hatte. Und ihn ertragen hatte müssen. Aber immer auch so dazwischen gestanden. Zwischen den beiden. Immer dem Großvater auch zugeneigt. Nie ganz mit dem Vater solidarisch. Immer auch in die Gewalttätigkeit vom Großvater mit hineingezogen. Verführt. Und hoffentlich nur ein bisschen. Ein Verhältnis der Mutter mit ihrem Schwiegervater. Das würde viel erklären. Aber löste das das Rätsel. Wäre das ein Freispruch gewesen. Für sie. Für den Vater auf jeden Fall. Aber der hätte das nie überlebt. Da hätte es dann den Mord geben müssen. Da hätte er seine Erziehung zum Täter wirksam werden lassen müssen und die Axt aus dem Keller holen. Da hätte der Nazivater das bekommen müssen, was er verlangt hatte. Und dann war es vielleicht nur eine Schonung des Vaters gewesen, sich dessen Hohn anzuhören und nur zu fragen, ob man ihm das Salz reichen könnte. Dann war es Achtung gewesen. Achtung des Vaters. Und dann hatte der Großvater noch schöner gesiegt. Das Beste in seinem Sohn fördern und sich selbst alles erlauben und das Beste Schwäche nennen. Aber mit dem Tod der Mutter. Da hatte ihr eigener Tod begonnen. Der Tod ihrer Figur. Der Tod des Produkts dieser Familie. Dieses Großvaters. Von da an ihr Unglück immer weniger eine Erzählung. Die eigenen Erinnerungen nie eine Erzählung gewesen. Die eigenen Erinnerungen Fotografien, auf denen die Farben verblassten. Eine Diaschau. Immer Einzelbilder. Und die Bewegungen so ruckartig. Wie auf den ersten Filmen. Der Zwischenraum in den Bewegungen von einem Bild zum anderen zu sehen. Erzählungen nur, wenn die Mutter begonnen hatte. Wie die Geraldine noch ein kleines Mädchen war. Da hätte sie bleiben wollen. Da, wo das erzählt werden konnte und die Mutter ihr Stück Kuchen schnell gegessen hatte, während der Vater die Milch aus der Küche geholt. Damit er glauben sollte, sie hätte doch das ganze Stück gegessen. Und nicht nur die Brösel, die sie mit der Gabel aus dem Kuchen herausgestochert hatte. Mit der Mutter der Verlust begonnen. Von genau da an ihr Unglück immer weniger eine Erzählung und immer mehr eine Kategorie. Und sie sollte dieser Therapeutin da am Ring. Am Schubertring. Der sollte sie dankbar sein. Bei der sollte sie sich wirklich bedanken. Die hatte ihr das deutlich gemacht. Brutal hatte die ihr das klargemacht. Wie gefährlich das war. Zu reden. Wie sehr man sich verlieren konnte. In diesem Reden. Wenn keine gemeinsame Erinnerung enthalten war. Eine kalte Person. Diese Therapeutin. Oder gar keine. Person. Wie die dagesessen war. Hinter diesem Biedermeiertischchen. Hinter so einem bronzenen Füllfederhalter auf einem grünen Marmorsockel. Und es war wieder so ein Augenblick. Und warum kam sie immer erst so viel später drauf, dass das wieder so ein Augenblick gewesen war. Wie diese abschätzige Handbewegung vom Großvater. Beim Mittagessen. Jeden Tag. Solange er bei ihnen zu Hause gelebt hatte. Es war, wie diese Ärztin das galoppierende Bronzepferd von der Uhr in der Mitte ein bisschen weggerückt hatte. Einen Millimeter hatte sie das Pferd verschoben. Die Bewegung fast nicht wahrnehmbar gewesen. Es war nur zu sehen gewesen, wie perfekt die Person in diese Bewegung konzentriert. In diese Bewegung konzentriert und nicht anwesend. Die Person perfekt abwesend gewesen. Sie hatte zu reden aufgehört. Nicht gleich. Sie hätte gleich aufhören sollen. Den Punkt markieren. Während des Erzählens an diesem Schreibtisch sitzend. Vor diesem Schreibtisch. Vor dieser Therapeutin. Da war es vollkommen klar geworden, dass man sich verlieren konnte. In dieses Erzählen. Und dass man es so verlieren konnte. Das, was man da erzählte. Dass man dieser Erzählung verlustig gehen konnte. Und was hätte sie dann gehabt. Paxil. Jeden Tag. Kunststimmungen. Kunststimmungen, die mit dieser Tablette in ihren Körper einreisten und sie dann mitnahmen. Als führe der Autofahrer, der einen beim Autostoppen mitgenommen hatte. Als führe der zuerst in den Körper und der Körper würde dann das Auto, das diese Fahrt. Aber der Fahrer immer noch diese Tablette. Und wenn das dann so einer war, wie der in Salzburg. 60 musste das gewesen sein. 1960. Und sie sonst zu spät zur Gesangsstunde gekommen wäre. Bei diesem Sommerkurs im Mozarteum. Aber der Mann ihr alle Schrecken ausmalen hatte müssen. Neben diesem Mann im Auto sitzen hatte müssen. Sitzen bleiben hatte müssen. Zuspätkommen war vollkommen unmöglich gewesen. So etwas existierte gar nicht. Und deshalb ja auch den Daumen in die Höhe gehalten. Am Straßenrand in Anif. Diese Landstraße.

Die gab es gar nicht mehr. Diese Landstraße. Die war heute 4-spurig. Zur Salzach konnte man gar nicht mehr. Wie damals. Und dass dann dieser Mann es notwendig gefunden hatte, einem jungen Mädchen zu erklären, was alles passierte. Mit Autostopperinnen. Der hatte ihr damals erklärt, was Männer so vorhatten. Mit jungen Mädchen. Wenn sie die einmal im Auto hatten. Und wenn er das so genau wusste. Wusste er das dann von sich. Wusste er das dann, weil er selber diese Phantasien gehabt hatte. Wahrscheinlich war sie da knapp davongekommen. Damals. So wie der das schildern hatte können. Da waren diese Phantasien schon recht lebhaft gewesen. Hatte der sich hineingeredet. In solche Vorstellungen. Hätte der das dann alles selber machen wollen, wenn sie nicht beim Landesgericht ausgestiegen wäre. An der Ampel da. Vor der Brücke. War das der Unterschied. Wenn man die Geschichte wissen konnte und sie erzählen, bevor sie geschah. Diese gelangweilte Therapeutin. Die von ihrer Erzählung. Die von ihrer Klage. Diese von ihrer Arie gelangweilte Frau. Die hatte ihr geholfen. In ihrer Langeweile. In ihrer Abwehr. In ihrer Abwehr hatte sie ihr ihre Geschichte zurückgegeben. Aber natürlich hatte sie selbst nur Geschichten zu erzählen, nachdem sie geschehen waren. Und bevor ihre Geschichten geschehen waren und erzählt werden konnten, hatte der Großvater seine erzählt gehabt. Und was er tun würde. Wenn er noch etwas zu sagen hätte. Oder wieder. Die Eltern ja nicht viel gesagt. Jedenfalls nichts in Erinnerung geblieben. Und sie hatte nun selbst zu reden aufgehört. Freiwillig. Diesmal. Und nicht gestoppt. Aber Handbewegungen jedes Mal. Beide Male jemand die Hand so gehoben. Die Worte verschoben. In der Luft verschoben. Zerrührt. Und nur Töne ans Ohr und nicht Worte. Und bei der Therapeutin sehen hatte können. Diese Finger. Gerade ausgestreckt rechts und links am Sockel des Bronzepferdchens. Der Marmor kalt gegen die Finger gewesen sein musste. Glatt und kalt. Die scharfe Kante. Und die Notwendigkeit, dieses Pferdchen während ihrer Klage über die vielen Todesfälle der letzten Zeit. Während ihre Stimme immer höher geworden. Gepresster. Dünn und hoch. Während dieses Anschwellens des Jammers. Da hatte diese Frau das Pferd verrücken müssen. Da war das für diese Frau notwendig gewesen, dieses Pferdchen zu verschieben. Wie der Großvater das Normale unterbrechen hatte müssen. Es war ja nur die Umkehr dieser Szene. Der Vater hatte mit der Mutter etwas Normales besprochen. Warum der Spinat diesmal besonders gut schmeckte. Oder dass das Fleisch nicht ganz so weich war wie das letzte Mal. Oder dass man bei diesem Wetter am Sonntag unbedingt auf den

Semmering fahren sollte. Wenn alles ruhig war. Geschlossen. Friedlich. Normal eben. Dann musste der Großvater. Dann hatte er sich in Erinnerung bringen müssen. Der Großvater war kein Mensch gewesen wie die Eltern waren. Der Großvater war immer seine Weltvorstellung gewesen. In jedem Augenblick war er davon bestimmt. Er hatte nicht einmal Spinat essen können, ohne ein Nazi zu sein. Und die Gerda. Erst die Gerda hatte das dann richtig verstanden und ihn in sich selbst erstickt damit. Erst bei der Gerda war der Großvater dann ein normaler Mensch geworden. Irgendein alter Mann. Ohne jede Bedeutung. Die Melodie einmal sehr laut abgespielt, sie jede Bedeutung verloren hatte. Weil die Gerda mit ihrer Zustimmung keine Angst vor ihm haben hatte können. Weil dann niemand mehr Angst vor ihm. Und die Beine erst verloren hatte, nachdem er von den Eltern weggezogen war.

Auf dem Weg Eis. Radspuren und das Eis in den Spuren der Reifen. Sie stieg auf die helleren Stellen in der Mitte der Eisplatten. Das Eis hohl da. Das Geräusch beim Drauftreten genau so klang, wie es aussah. Hell. Ein heller Ton. Hell splitternd. Sie ging schneller. Sie würde ganz hinausgehen. Bis der See zu sehen sein würde. Und der Himmel darüber. Und keine Einschränkung ohne Flugzeuge. Der Himmel dann endlos. Weit und unbegrenzt. Aber hauptsächlich wegen der Stille. Wenn kein Flugzeugdröhnen den Himmel über dem See ausfüllte. Sie holte tief Luft. Sie konnte gar nicht alt werden. Wirklich alt nicht. Wenn das mit den Beschränkungen so weiter ging. Sie würde am Ende im Freien schlafen müssen. Manchmal jetzt schon im Auto. Die Vorstellung hinten sitzen zu müssen. Diese Vorstellung unerträglich. Nicht mehr Taxi fahren konnte. Wegen dieses Anschwellens in der Brust. Eine Hitze. Überall in ihr eine Hitze herumwirbeln konnte. Die dann schwerer wurde. Schwerer werden konnte. Und währenddessen der Satz so klar, »Ich kann das nicht aushalten«. So vollkommen verständlich. Aber noch lange auszuhalten sein würde. Das war auch klar. Es war klar, dass noch viele Mühen des Nicht-Aushaltens ausgehalten werden würden. Bis es zu Ende. Das Sterben so nicht einfacher machte. Bis es einfacher sein würde, das nicht mehr zu spüren. Bis es dann besser sein würde, nichts mehr zu spüren. Die metallene Linie entlang. Brechen. Und dann nichts mehr. Bis dahin noch viel Unordnung und Chaos. Innen. Und wie würde das dann sein. Wenn sich alles gesammelt. Wie würde das Brechen in das Nichts. Was würde da passieren. Und wie würde sie. Was würde sie tun. Schreien. Am Ende doch noch singen können. Auch vor Publikum. Würde sie auch so laut zu keuchen beginnen. So schluchzend keuchen und ein O formen. Den ersten Ton eines Gesangs. Vor den Nachtschwestern. Erst vor den Nachtschwestern. In der Dunkelheit sich diese Verzweiflung abringen. Und dann später auch am Tag. Plötzlich. Dasitzen. Im Rollstuhl. Vor sich hinstarren und dann plötzlich. Die Luft einziehen. Die Rippen weit auf und die Lungen mit Luft füllen und dann dieses O. Nur kurz und die Luft diesem O nachstreichen lassen. Kurz anhalten nach dem O und dann lang ausatmen. Es hatte nicht ausgesehen, als hätte die Frau Doktor Schmerzen gehabt. In solchen Augenblicken. Eine Erinnerung. Dass es das Leben gegeben hatte. Eher. Ein Erschrecken, dass es gewesen war. Und was es jetzt war. Oder war es schon nur die Erinnerung davon gewesen. Was es gewesen und was es jetzt. Und deshalb dieser kurze Ton auf dem O. Nur noch die Erinnerung an die vielen Male, die das Leben gewesen, und auch das Jetzt schon in diese Erinnerung eingeschlossen. Wenn. Dann war es besser so. Dann war diese kurze flüchtige Klage erträglicher. Nur. Wann kam man dahin. Wann geschah das. War das dann, wenn die alten Personen auf der Krankenstation verschwanden. »Nein. Der Frau Doktor geht es schlecht. Wir mussten sie ins Krankenhaus.« Und wenn sie zurückkamen. Waren sie dann wieder. Waren sie dann wieder ein Stück weiter weg. Vorgerückt und entfernter. Und sie hatte es nicht sehen können. Ganz unbemerkt. Wenn sie einen Artikel aus dem »Spectrum« vorgelesen. Oder vom Fußball. Die alte Dame hatte sich für Fußball interessiert. Weil ihr Vater sie immer mitgenommen hatte. In Hütteldorf. Zu den Rapidlern. Am Samstagnachmittag.

Von der Ferne kam ein Paar entgegen. Sie ging schneller. Hielt den Schal unter dem Kinn zusammen. Sie musste allein sein. Auf jeden Fall musste sie allein sein. Nie. Nie durfte sich jemand über sie beugen. Sich so über sie beugen. Es waren alle so zufrieden. Belästigend zufrieden. Im Hildegardenheim. Irgendwie waren alle belästigend zufrieden. Wenn wieder jemand nahe dran war. Oder schon gestorben. Gerade. Und es waren alle zufrieden. Irgendwie waren alle richtig zufrieden. Wieder einmal gelungen. Besonders die Oberschwester. Die Hände vor der Brust verschränkt. Klein und drahtig. Weiße Jacke. Weiße Hose. Weiße Gesundheitssandalen. Die Oberschwester Erna. Die hatte Noten vergeben. Dafür. Die hatte Haltungsnoten vergeben. Die Frau Doktor. Die könne nicht loslassen. Deshalb wäre sie so alt geworden. Weil sie nicht loslassen könne. Die Frau Doktor müsse loslassen lernen. Die Frau Doktor. Die mache es sich nur schwer. Aber sie ging da ja nicht mehr hin. Jetzt nicht mehr. Die Frau Doktor hatte dann ja doch loslassen müssen und die Oberschwester Erna hatte zufrieden sein können. »Sie hat es jetzt doch noch geschafft.« Und warum hatte die Frau Doktor nicht einfach ewig leben können. Wenn sie es so gewollt hatte. Sie würde schon ihre Gründe gehabt haben. Für sie selber war das nicht vorstellbar. Aber die Frau Doktor. Die hatte Enkelkinder. Späte Enkelkinder. Die wollte sie sehen. Auch wenn sie sie manchmal mit ihnen verwechselt hatte. Wovon konnte man ein Recht ableiten, dass sie nicht mehr festhalten durfte. Reichte es nicht, wenn sie einmal den Wunsch gehabt hatte, diese Menschen zu sehen, dass dieser Wunsch nun für immer existierte. War das nicht genau das Prinzip, das sie am Singen gehindert hatte, und warum sollte das im Positiven nicht gelten. Aber wenn sie nicht mehr ins Hildegardenheim ging. Dann hatte sie den letzten Kontakt verloren. Sie war noch nicht einmal ganz 60. Und sie würde niemandem abgehen. Die Frau Doktor. Die gab es nicht mehr. Und die Frau Horvath und der Opi Mitwalli. Denen ging es nicht ab, wenn ihnen niemand mehr aus der Zeitung vorlas. Die hatten ihr ganzes Leben nie Zeitung gelesen. Die hatten das eher erstaunlich gefunden, wenn die Beschäftigungstherapeutin ihnen immer wieder erklärte, dass diese Dame ihnen nun drei Mal in der

Woche die Zeitung vorlesen würde. Damit sie den Kontakt mit der Wirklichkeit besser halten konnten. Damit sie über alles weiter Bescheid wissen konnten. Aber die Frau Horvath stand mittendrin auf und begann den Gang entlangzugehen. Bis nach hinten. Zu den Badezimmern. Und wieder zurück. Da saß sie dann ohnehin nutzlos herum. Hätte sie dieser Frau nachlaufen sollen. Und die Kronenzeitungssätze schreien. Das wäre gegangen. In der »Kronenzeitung« die kürzesten Sätze. Die könnte man schreien. Da konnte man einmal Atem holen und Laut für Laut präzise ausrufen. Und dann den nächsten Satz. Und wieder präzise. Sie konnte also ins Hildegardenheim gehen und neben der Frau Horvath auf dem Gang, die kleinen Sätze aus der »Kronenzeitung« ausrufend, hergehen. Eine Lesebegleitung. In so einem Heim. Da würde das nur sehr kurz eine Besonderheit sein. Wenn die Personen auf den Gängen ohnehin so vor sich hin schrien. Keuchten. Murmelten. Wenn alle so vor sich hin sahen, dass gar nicht mehr geschrien werden musste. Die Blicke Ausrufe der Hilflosigkeit. Und eine Aggression. Sie hatte sich überwinden müssen. Jedes Mal hatte sie sich überwinden müssen, da wirklich hinzugehen. Die Versuchung, da anzurufen und zu sagen, sie wäre verkühlt. Und ein Virus. Für die alten Leute wäre das doch gefährlich. Obwohl. Die waren nie verkühlt gewesen. Als könnte sie so etwas gar nicht mehr erreichen. Und natürlich hatte sie es nicht geschätzt. Sie hatte es nicht geschätzt, dass die Frau Doktor noch da war. Noch da gewesen. Währenddessen waren die 99 Jahre nur erstaunlich gewesen. Ein bisschen belästigend erstaunlich. Kostbar. Kostbar waren sie erst jetzt. Im Nachhinein. Jetzt hätte sie sich an dieses Bett setzen wollen. Oder neben diesen Rollstuhl. Und ihr alles erzählen. Einfach vor sich hin reden. Sie hätte der Frau Doktor das alles erzählen sollen. Und ob es für diese Frau ein Stimmengemurmel oder eine Erzählung gewesen wäre. Das hätte sie dieser Frau überlassen sollen. Sie hatte sich von diesen Pflegeschwestern überrumpeln lassen. Und von dieser Altentherapeutin. Sie hatte es denen geglaubt, dass da nichts mehr war. Nicht mehr so viel. Jedenfalls. Als wäre der Geist aus dieser Person ausgeronnen. Nur noch ein kleines Rinnsal von Geist in diesem zusammengeschrumpften Körper. Sie hatte dieser Person nicht mehr zugestanden, sich entscheiden zu können. Hatte nicht akzeptieren wollen, dass diese Person sich vielleicht dazu entschieden hatte, nicht mehr zu reden. Mit ihr. Mit den Schwestern. Mit der Welt. Vielleicht hatte diese Person sich dazu entschieden, nur noch in Zwiesprache mit sich selbst. Vielleicht hatte die Frau Doktor die gleiche Erfahrung gemacht. Mit dem Geschichtenerzählen.

Vielleicht hatte sie das gleiche Gefühl gehabt. Vielleicht hatte sie auch nicht singen können. Nicht mehr vorsingen wollen. Vielleicht hatte sie auch die Masken hinter den Gesichtern hervorquellen sehen müssen. Und nichts mehr ausbreiten wollen. Vor diesen Masken. Die Frau Doktor. Die hatte nur noch Beschreibungen erzählt. Zusammenfassungen. Die Mutter wäre gut gewesen. Herzensgut. Der beste Mensch auf der Welt. Bei der Mutter. Da wäre alles gut gewesen. Die Steffi. Die Köchin. Die wäre streng gewesen. Da hätte es nichts gegeben. Und der Vater sowieso. Der Vater. Der war die Strenge in Person gewesen. Von dem hatte sie erst bei ihrer Hochzeit denken müssen, dass er sie ja doch geliebt hatte. Weil er geschluchzt hatte. Bei der Hochzeit. Hinter ihr. Da hätte sie doch denken müssen, dass er sie gern zu haben schien. Aber das waren alles Resultate. Das waren alles die Ergebnisse von den Geschichten. Und das hatte sie so vor sich hin gesagt. Ohne Zusammenhang. Sie hatte gerade etwas von der Pensionsreform vorgelesen. Was die Wirtschaftskammer zur Pensionsreform meinte. Oder die Industriellenvereinigung. Die Frau Doktor hatte ihr »Die Presse«-Abonnement nie aufgegeben. Vom ersten Tag des Erscheinens bis zu ihrem Tod. An die 50 Jahre mussten das gewesen sein. An ihr Bett war zwar nur hin und wieder ein Exemplar gelangt. Dann.

Die Zeitungen waren immer alt gewesen. An die Frau Doktor adressiert. Tage alt. Und so musste man das auch sehen. Man war dann nicht mehr jemand, an den die abonnierte Zeitung regelmäßig ausgeliefert wurde. Die wurde von anderen gelesen. Oder die Zeitung blieb liegen. Wurde irgendwann gebracht. Man könne sich um solche Sachen nicht kümmern, war dann gesagt worden. Die Schwester Eva lachend. Die Oberschwester ernst. Man wäre doch kein Hotel. Die Altentherapeutin verlegen achselzuckend. Alle mit ein bisschen schlechtem Gewissen. Aber weil sie sonst schon so gute Menschen waren, musste man das einsehen. Weil Altenpflege als heroisch gilt, mussten die dann nicht mehr Rücksicht nehmen. Auf die Personen. Es ging nur um das Waschen und Wischen und Sauberhalten. Und was für ein undankbarer Job das wäre. Dass man Dankbarkeit dafür erwarten konnte. Eigentlich. Und deshalb konnte sie da auch nicht mehr hingehen. Sie hätte sich in diese Dankbarkeitsforderung einreihen müssen. Sie müsste sich zum Opi Mitwalli setzen und ihm abfordern, ihr dankbar zu sein. Dass sie seine Einsamkeit. Seine Abwesenheit. Sein Alleinsein. Dass sie sich zu ihm durchschlagen wollte und ihn anredete. Ihn zu ihrem Publikum machen wollte und sich an ihn wenden. Und weil er nichts bezahlte dafür, musste er dankbar sein. Oder mit den Schwestern mitseufzen, was für ein schweres Los sie hatten. Diese Chantale. Die war die Einzige, die einfach so vor sich hin arbeitete. Die alles erledigte und nicht eine extra Belohnung dafür erwartete. Oder Geschichten. Oder Geschichten aus den Seufzern der Sterbenden erfanden. Die Oberschwester Erna. Die hatte sich die Seufzer der Sterbenden in Schauerromane übersetzt. Für die Oberschwester Erna war jede Frau in ihrem Leben vergewaltigt worden. Weil sie am Ende alle stöhnten. Und weil alles am Ende herauskäme. Weil am Ende alles herauskommen musste. Für die waren die alten Leute Geschichtenautomaten. Die befriedigte ihre wollüstige Neugier mit diesen Geschichten. Und deshalb ging sie da nicht mehr hin. Und deshalb musste sie allein sein. Dann. Sie konnte keine Person werden, der die Zeitung nur noch manchmal gebracht wurde. Weil sie ihre Aufmerksamkeit nach innen gerichtet hatte und die anderen dachten, es gäbe sie schon fast nicht mehr. Und dann am Ende. Dann am Ende doch noch die Geschichten von Tod und Vergewaltigung von den Seufzern abgelesen. Zur Genugtuung einer törichten Pflegerin, der die Welt eine Enttäuschung und deshalb für jeden anderen auch sein musste. Die sich ihre Unzufriedenheit von den Sterbenden bestätigen ließ und das dann Gutes-Tun nennen konnte. Weil sie nicht genug bezahlt bekamen.

Dahin durfte man nicht kommen. Dahin durfte sie nicht kommen. Und das musste ihr ihr Herz versprechen. Dass es das mit dem Brechen. Dass es das richtig machte. Schön. In einem und ohne Aufenthalt. Ein einziger hoher Ton und anschwellen. Und gleich dunkel. Gleich vollkommen dunkel. Sich hineinwerfen. In diesen Ton und die Dunkelheit. Es sollte ihr leicht von der Hand gehen. So allein und ohne jeden Grund zu leben. Aber wie ging das. Und ein Versinken. Wäre ein Versinken möglich. Ein langsames Versinken. Schlafmittel. Einschläfern. Sich einschläfern. Sanft. Springen. In das Nichts hineinspringen. Aber dazu war alles zu ruhig geworden. Zu regelmäßig. Zu unbehelligt. Und sie Acht geben würde müssen, wann sie den Schritt in diese Abwesenheit machte. In diese eingesponnene Selbstbezogenheit. Und die Kränkungen als Folge zu akzeptieren hatte. Weil die Beschränktheit auf sich keine Entschlüsse mehr möglich machte. Keine Entscheidungen mehr.

Das Paar war näher gekommen. Ein Mann und eine Frau. Sie gingen weit voneinander. Die Köpfe gesenkt. Dunkel gekleidet. Beide. Beide dunkle Daunenjacken. Die Frau eine Haube. Beide die Hände in die Jackentaschen gestopft. Die Köpfe gebeugt. Der Wind ihnen entgegen. Links vom Weg. Auf einem abgemähten

Fleck lagen Schilfbündel aufeinander getürmt. Jedes Bündel den gleichen Durchmesser. Jedes Schilfrohr gleich dick. Die Bündel spitz zuliefen. Die abgeschnittenen Enden hoch aufragten. Zu den Rispen hin abfielen. Lose Halme herumlagen. Brandflecken zwischen den Bündelbergen. Die Schilfbündel goldbraun. Matt goldbraun. Ein sicheres Dach machen mussten. Wenn sie sich das so vorstellte. Ein weißes niedriges Haus. Grüne Fensterrahmen und Tür. Oder türkis. Und ein dicker Polster aus diesen Garben auf dem Dachgebälk aufgestapelt. Das Schilfrohr quer zu den Dachsparren. Und draußen Schnee. Sonnenfunkelnder Schnee auf der Wiese. Und dem Zaun. Und dem Kirschenbaum. Oder eine Sommerhitze und mittägliche Sonnenglut. Und ein kühles Rascheln unter diesem Dach. Auf ihrem Haus lustig aussehen musste. Auf diesem 50er-Jahre-Pavillon. Am Ende dieser kleinen Wiese und der Natursteinterrasse. Diesem 50er-Jahre-Bungalow eine Erinnerung von Natur geben hätte können. Und ihre Nachbarn. In ihren schweren Jahrhundertwendevillen. Die alle auf sie hinuntersehen mussten. Eine Aussicht auf ein Schilfdach. Aber wahrscheinlich war das feuergefährdet. Wahrscheinlich war das geradezu eine Einladung. Ein Feuer. Und sie musste dieses Haus ohnehin verkaufen und in eine Wohnung ziehen. Hoch oben. Eine Wohnung in einem oberen Stockwerk.

Man sich in einer Wohnung besser verstecken konnte als in einem Haus. Und seit der Gerhard tot war. Die Makler anriefen. Und das Gefühl, dass sie. Dass eine ältere Frau so ein Haus. Dass das nicht ganz richtig war. Dieses Gefühl oft. Und ihr jetzt sicher die Bäume wegschneiden würden. Mit dem neuen Gesetz die Nachbarn so viele Rechte. Schon aus Missgunst von ihr verlangen würden, die Tannen hinten zu fällen. Sich hier sicherer fühlte als in ihrem Garten. Sich hier. Auf diesem Weg. In dieser Landschaft. Das Paar kam auf sie zu. Die Frau sah auf. Senkte wieder den Kopf. Der Mann ging an ihr vorbei. Die Frau rechts von ihr. Der Mann links. Sie ging zwischen den beiden durch. Hätte gegrüßt. Sie hätte gegrüßt. Wenn diese Frau. Sie hatte sich in dieser Landschaft immer schon in der Fremde gefühlt. Im Osten. In der Tiefebene. Weit weg. In der Nähe von Wien hier am weitesten weg. Nach Ungarn ziehen sollte. Einfach nach Ungarn ziehen. Sich ein Haus suchen und dahin ziehen. Noch eine neue Sprache lernen. Für das Altwerden eine ganz neue Sprache. Eine ganz andere. Vielleicht singen. Dann. Vielleicht auf Ungarisch. Vielleicht auf Ungarisch singen hätte können.

Sie blieb stehen. Musste stehen bleiben. Links den Weg entlang. Die Schilfbündel aufgestellt. Übergroße Kornmandeln dastanden. Doppelt menschenhoch. Die Garben oben ineinander gelehnt. Die Rispen eine zausige Krone. Wie Hütten aussahen. Riesige Garbenzelte. Und der Schmerz schon fast da. Es war natürlich nicht möglich. Sie hatte in allen Sprachen gesungen. Hatte in allen Sprachen singen gelernt. Sie hatte alle Partien für einen lyrischen Sopran in den Originalsprachen einstudiert. Sie war in den Probenräumen in der Johannesgasse gestanden und hatte italienisch gesungen. Französisch. Russisch. Das hatte nichts geholfen. Und ungarisch würde nichts geholfen haben. Hätte nichts helfen können. Hätte nichts geändert. Auch auf Ungarisch Menschen umgebracht worden waren. Es gab keine Sprache der Unschuld. Und die Musik. Die Musik keine Erholung davon. Die Musik hätte es erzählt. Die Musik hätte es auf jeden Fall erzählt. Die Musik hätte sie gezwungen. Die Musik hätte sie gequält. Die Musik hätte sie in diese Situation gequält. In diese Situation, dass alles vorstellbar war. Und es war ohne Musik schon nicht auszuhalten. Dass das alles geschah. Dass das alles geschehen war. Dass das alles geschehen würde. Aber die Musik hätte sie gezwungen, es nachzuerzählen. Sie hätte es wieder erzählen müssen. Von der Musik in die Situation gezwungen, hätte ihr die Musik dann die Geständnisse abgerungen. Und das Orchester. Und das Publikum.

Allen wären die Masken herausgequollen. Alle hätten Qual hören wollen. Qualen. Leid. Das Leben im Schmerz. Das, was an Leben im Schmerz zu hören war. Das, was vertilgt werden sollte. Das, was Menschen sich im Schmerz retten konnten. Ihre Stimme hätte von diesen Qualen berichten sollen. Damit die Masken weinen konnten und wieder zu normalen Gesichtern. Nachdem die Stimme der Sängerin gebrochen. Nachdem die Stimme der Sängerin das Leben gestanden hatte. Und alle Schrecklichkeiten. Alle Schrecklichkeiten, die möglich. Und es waren nicht ihre. Es waren nicht ihre Schrecklichkeiten. Es waren die Untaten aller vor ihr. Es waren ewige Erbschaften. Es war der Großvater, der die Fahrpläne für die Transporte gemacht hatte. Der sich genau überlegt. Der genau ausgetüftelt hatte, wie viele Züge man wohin. Und nicht zu lange auf den Geleisen stehen lassen. Aber er hätte sich keine Gedanken machen müssen. Es hatte niemanden interessiert. Die Züge hatten tagelang herumstehen können. Es hatte sich niemand gefragt. Es wird schon seine Richtigkeit haben. Hatten die alle gesagt. Und am Abend Opernarien im Radio. Die Antonia von dieser Reining. Oder dieser Beilke. Oder der Grümmer. Oder dann die Schwarzkopf. Die schöne Stimme der schönen Sängerin den schönen Tod. Und mit dirigiert. Die meisten mit dirigiert.

Dagesessen und den Takt geschlagen. Für die schöne Musik in der schönen Stimme der schönen Sängerin in ihrem schönen Sterben. Und wenn die Stimme der Sängerin gebrochen. Dann beugten sich alle über sie und weinten. Das ganze Elend des Lebens konnten die dann ausweinen. Konnten sich ausweinen. Und mit dem Applaus. Dann krochen die tränenverschmierten Masken hinter die Gesichter zurück. Aufgelöst und glücklich. Sprangen auf und applaudierten. Schrien. Schrien begeistert. Menschenfresserei war das. Und die Jungfrau in den Vulkan gestoßen. Viel klatschen mussten, damit das Opfer sich gut fühlen konnte. Damit das Opfer einen Wert bekam. Der Wert des Opfers bestimmte den Wert des Täters. Deshalb war ja der Holocaust so verschwiegen geschehen. Die hatten sich nicht brüsten können. Mit den Millionen. Es war nur ein langes, langes Aufräumen gewesen. Ein Hausputz. Ein Schlachtfest. Jeder Sau schenkte man ein Büschel Petersilie zum Schmuck. Da hatte man nur wegräumen können. Der Großvater war ja auch erschöpft gewesen. In seiner Gewalttätigkeit. Eine unerledigte Sache. Für ihn war das eine unerledigte Sache geblieben. Der hatte kein anderes Gefühl gehabt. Nur diese Unruhe aus der unerledigten Angelegenheit. Das schlechte Gewissen, die Hausaufgabe nicht fertig. Unterbrochen worden.

Der Schal rutschte nach hinten. Der Wind an den Hals. Die Kälte. Stechend. Sie zog den Schal hinauf. Hielt ihn unter dem Kinn zusammen. Sie verschränkte die Arme. Hielt den Schal mit der rechten Hand. Sie ging schneller. Sie war dem entkommen. Sie war dem allem entkommen. Ihre Stimme hatte es ja besser gewusst. Ihre Stimme hatte sich entzogen. Ihre Stimme hatte sich ihr und dem allem entzogen. Sie hatte weniger gewusst als ihre Stimme. Sie hätte sich dem ausgesetzt. Sie hätte sich dem hingegeben.

Der Wind kam von der Seite. Von links. Der Wind fuhr ihr um das Gesicht und rechts unter den Schal. Ans Ohr. Sie musste den Schal noch enger an das Kinn. Sie hielt den Schal mit der linken Hand unter dem Kinn fest und mit der rechten den Mantel zusammengerafft. Es ging um die Stille. Es ging um den Übergang zur Stille. Um den Augenblick zwischen dem Ton und dann nichts mehr. Wenn der Großvater den Vater gemaßregelt hatte. Der Sieg des Großvaters war immer dieser Augenblick gewesen. Der Vater hatte Luft geholt und begonnen. Er hatte schon einen ersten Laut des Sprechens ausgestoßen. Sein Vater hatte die Hand gehoben. Die Linke. Mit dem Ring. Die Hand so ein bisschen nach innen gedreht. Nach innen gedreht und an den Körper. Ein ganz kleines Ausholen zum Schlag war das gewesen. Nur ein bisschen. Und der Großvater hatte nicht einmal die Gabel aus der Hand gelegt. Aber es war Ruhe. Sofort. Die Mutter hatte ihr Essen zerpflückt. Die Mutter hatte mit dem Großvater geredet. Die Mutter hatte mit dem Großvater weitergeredet. Dann. Normal. Irgendetwas. Die Mutter hatte nicht zum Vater gehalten. Und dann Streit. Zwischen den beiden. Wie hatte sie sich gekränkt. Dass die Eltern immer Streit gehabt hatten. Wegen des alten Manns. Geniert hatte sie sich. Sie hatte sich für den Vater geniert. Dass er immer noch den Kopf gehoben hatte und begonnen. Dass er beginnen hatte wollen. Etwas zu sagen. Und dann war sie ja auch für ihn stumm geworden. Oder war sie der Mutter gefolgt. Und war das ihre Art von Asthma. Keinen Ton herauszubringen, weil keine Luft eingeatmet werden konnte. Weil der Körper die Atemluft verweigerte. Weil der Körper sich mit dem Einatmen aufhielt. Und wäre es anders gekommen, wenn die Eltern ihre Ausbildung betrieben hätten. Wenn nicht der Großvater. Der Großvater war ja der Opernliebhaber gewesen. Stehplatzbesucher. Opernkenner. Opernfanatiker. Und sie mit. Sie von klein an mitgenommen. Warum hatte ihr Großvater nicht ein Fußballfan sein können. Wie der Vater von der Frau Doktor. Fußball. Das wäre nicht so einschneidend gewesen. Aber wahrscheinlich war es gleichgültig. Ihr Großvater auch in die Fußballspielbesuche einen Auftrag eingebaut hätte. Dann hätte sie eben Sportlehrerin werden müssen und Jugendlichen ihren Körper lehren. Und wie hatte sie sich eine Zwillingsschwester gewünscht. Damit sie wie das Doppelte Lottchen die Eltern aussöhnen hätte können. Damit die Eltern so ein nettes Paar gewesen wären. Eltern, um die die Kinder sich nicht kümmern mussten. Oder wenigstens der Vater. Als Kind sich gewünscht, dass der Vater still sein sollte. Still. Ruhig. Eine Ruhe geben. Aber darum war es ja nicht gegangen. Es war um diesen Augenblick gegangen. Es war um diesen nicht einmal einen Herzschlag lang dauernden Augenblick gegangen. Diesen Augenblick zwischen Ton und Stille. In dem sie eingefangen war. In den sie eingefangen worden war. Sich einfangen hatte lassen. Müssen. In den hinein sie alle gefangen gewesen. Sie waren alle eingefangen in das Stillwerden. Und wenn sie es genau überlegte.

Auf dem Weg Reifenspuren. Breite Reifenspuren. Streifen in der Erde des Wegs. Parallel laufende Streifen. Von links kamen. Aus dem Schilffeld. Über die Böschung herauf auf den Damm. Auf den Weg. Den Weg weiter führten. Hinaus. Zum See. In den Streifen in der Erde Eis. Lang hingezogen. Schmale Rinnsale.

Gefroren. Die Schilfbündelkegel den Wind abhielten. Sie stopfte den Schal in den Mantelkragen. Steckte die Hände in die Mantelärmel. Die rechte Hand über die Linke und die Mantelärmel wie ein Muff. Ein Muff. Ein Muff jetzt gut gewesen wäre. Ein praktisches Ding. Ein Muff. Aber nie mehr in Mode gekommen. Als Kind einen Muff gehabt hatte. Leopardenfell. Ein kleiner Muff aus Leopardenfell. Ein winziges Täschchen oben eingearbeitet. Mit einem Zippverschluss zu verschließen. Und an einer langen dunklen Kordel um den Hals. Der Muff war um den Hals zu tragen gewesen. Wie ein Kindergartenkörbchen. Die Seide innen zuerst kalt gewesen und erst erwärmt werden hatte müssen. Aber dann hätte man keine Handschuhe mehr gebraucht. Dann hätte man ohne Handschuhe in die Kirche gehen können. Die Hände im Muff gewärmt. Und schon im Muff zum Gebet ineinander verschlungen. Sie hatte den Muff schon als Kind nicht getragen. Zu theatralisch. Der Muff war damals schon zu theatralisch gewesen. Das Leopardenfell. Die Kordel. Sie hatte sich sehen können. Mit dem blauen Mantel und der weißen Haube und dem Muff. Schwarze Schuhe und Strümpfe. Und es war zu auffällig gewesen. Sie hatte so nicht in der Gertrudkirche stehen können. Sie hatte dafür die Mutter und die Tante Zia kränken müssen. Weil die ihr den Muff gegeben hatten. Die

Tante Zia das Fell. Von einem Mantelkragen von ihrer Mutter. Die Mutter hatte ihn genäht. Richtig dastehen war wichtiger gewesen. Es war das Wichtigste gewesen, richtig dazustehen. Nicht anders zu sein. Aber es war in dieser Zeit immer nur zwischen Nöten eine Auswahl gewesen. Und die Not, vor den anderen lächerlich zu erscheinen. Anders. Diese Not war größer gewesen. Schwerer zu ertragen als die traurigen Augen der Mutter. Und der Tante. Die keine richtige Tante gewesen war. Die nur eine Nachbarin im Haus gewesen war. Die mit der Mutter auf sie gesehen hatte. So traurig wissend und erwartungsvoll. Weil sie das Leben noch vor sich gehabt hatte. Damals. Aber das konnte sie erst jetzt sehen. Das konnte sie erst seit einiger Zeit selber sehen. Und es war nicht freundlich gewesen. Diese Frauenblicke waren auch nicht freundlich gewesen. Diese Frauenblicke hatten auch nur zugesehen, wie sie. Wenn diese Frauenblicke freundlich sein hätten sollen. Dann hätten sie so schauen können und dazu ihr Leben erzählen. Warum sie so schauten. So mitleidig. So wissend mitleidig. Da hätten die ihr ihre Leben erzählen müssen und sie ihre eigenen Schlüsse daraus ziehen lassen. Und nicht dieses Achselzucken und dieses, »Du wirst schon sehen, wie das ist«. Die hatten sie einfach loslaufen lassen. Und wenn es gestimmt hatte, dass die Tante Zia von den Russen. Beim Einmarsch in Wien. Dann hätte sie ihr das erzählen sollen. Dann hätte die Mutter die Tante Zia auffordern müssen. Ihr alles zu erzählen. Alles. Und wie das war. Aber im Traum von einer neuen Unschuld war das alles untergegangen. Hatten die alles untergehen lassen.

Kein Eis mehr auf dem Weg. Der Boden hell aufgerieben und sandig gefroren. Der Boden hart. Ihre Schuhe sich nicht eindrückten. Sie drehte sich um und sah zurück. Das Muster der Reifen hob sich gegen das Licht heller ab. Aber kaum zu sehen. Von ihren Schuhen keine Spuren. Sie sollte die alte Heiliggeistapotheke mieten. In der Wassergasse. Und Jalousien vor die Auslagenscheiben. Einen Stoff. Einen durchscheinenden Stoff. Und ein tanzendes Paar. Den Schatten eines tanzenden Paars sich abzeichnen lassen. Kein Licht und keine Bewegung am Tag. Den ganzen Tag nicht. Die ganze Nacht nicht. Nur von Mitternacht bis 1 Uhr. Ein rosiges Licht. Schimmernd. Und das Paar. Geschlossen. Einmal einen Walzer. Und dahingleiten lassen. In diesen Kreisen. Und dann einen Foxtrott. Aber ohne das Hüpfen. Immer nur gleiten und aneinander vorbei. Nie den Kontakt verlieren. Und einmal konnte das Paar ein Mann und eine Frau sein. Und einmal 2 Frauen. Eine Frau mit einem Leoparden.

2 Männer. Ein Mann mit einem Pferd. Eine Frau mit einem Notenpult. Ein Eiskasten mit einem Blumenstrauß. Ein Schwan mit einer Insel. Ein Kind mit einem Muff. Und immer gleich schnell. Und kreisend. Nichts zu hören sein durfte. Nur das Schattenspiel. Immer und immer sich drehen und vor und zurück. Ein Gleiten. Und ganz gleichgültig, ob es jemand sah. Oder nicht. Und niemand wissen durfte, wer das gemacht. Wer das verursachte. Und dann nicht mehr. Eines Tages dann nicht mehr. Und dann nie wieder. Und geschlossen. Für immer. Und nur mehr eine Apotheke. Eine der vielen geschlossenen Apotheken.

Sie steckte die Hände wieder in die Manteltaschen. Sie beugte den Kopf vor. Klemmte den Schal zwischen Kinn und Kragen ein. Ging schneller. Sie konnte ja auch neu anfangen. Vollkommen neu. Sie konnte sich als Türkin anziehen. Als Muslimin. Sie konnte sich bei »Humana« so einen langen Mantel kaufen. Einen weiten. Einen, der keine Kontur übrig ließ. Und Kopftücher. Farblose Tücher. Lilabeige. Graubeige. Grünbeige. Das hellere Tuch in die Stirn. Das Tuch zuerst gegen die Stirn gelegt und dann um den Kopf und hinten verknotet. Und ein dunkleres Tuch. Dunkler als der Schal. Über das hellere und unter dem Kinn festgemacht. Oder sie nahm ein großes Tuch. Legte es um die Stirn. Knickte den Stoff rechts und links und machte den Knopf gleich unter dem Kinn. Wie die Ursulinerinnen. Das sah gut aus. Mittelalterlich. Sie hatte braune Augen. Ungeschminkt. Sie würde ungeschminkt einfach müde aussehen. Und wenn sie nichts sagte. Wenn sie nur alle ansah. Wenn sie nur alle ansah und nichts sagte. Wenn sie beim Hausfrauennachmittag im Lebenshilfezentrum nur so dasaß. Hinten. An der Wand. In der letzten Bank. Und alle ansah. Sie konnte ja vorsichtig etwas schreiben. »Ich nicht deutsch« konnte sie schreiben. Und dann würde sie dasitzen und mit denen Deutsch lernen. Vielleicht lernte sie Türkisch. Dabei. Oder Bosnisch. So. Umgekehrt eben. Alle würden in der Fremdsprache auf sie. Alle würden in der Fremdsprache auf sie einreden. Aber sie würde nicht reagieren. Und wieder kommen. Sie konnte so tun, als wäre sie ihre eigene Putzfrau. Als käme sie aus ihrem Haus als ihre Bedienerin. Sie könnte sich herumtreiben. Niemand sah diese Frauen genauer an. Diese verhüllten Köpfe. Diese verhüllten Körper. Die sahen alle gleich aus. Und wenn jemand sie ansprach. Sie konnte sich immer taub stellen. Unwissend. Verwirrt. Verloren. Aber wollte sie noch etwas erfahren. Wollte sie noch so etwas wissen. Was würde ein solches Experiment schon ergeben. Es würde nichts passieren, was sie sich nicht vorstellen hätte können. Es wäre ein reiner Zeitvertreib. Da war es besser, hierher zu fahren und zu gehen. Oder an der Donau. Ein solches Spiel. Es war ja schwierig genug für eine Person. Was machte sie, wenn sie als alte Türkin. Oder Bosnierin. Wenn sie da wieder. Wenn ihr da wieder etwas interessant wurde. Das zumindest sollte sie aus der Geschichte mit der Frau Doktor gelernt haben. Es tat weh. Es schmerzte. Es war schmerzhaft. Es war gut gewesen. Es war schon gut gewesen, diese Frau daliegen gesehen zu haben. Es war gut gewesen, einmal jemanden tot zu sehen. Bisher. Bisher hatten ihr das alle erspart. Oder sich ihr entzogen. Alle in Spitälern gestorben und sie hätte sich bemühen müssen, sie noch einmal zu sehen. Man hatte das Recht dazu. Man hatte das Recht, die Gestorbenen zu sehen. Noch einmal. In einem österreichischen Spital. Man hatte das Recht dazu. Aber es war mühsam. Da musste einem jemand eine Tür aufsperren. Auch wenn sie die Mutter gerne noch einmal gesehen hätte. Sie hätte niemanden mit ihrem Wunsch belästigen können. Sie hatte keine Kraft. Sie hatte keine Kraft zu so etwas. Sie hatte keine Begründung in sich selbst, dieses Recht zu behaupten. Das Recht überhaupt zu haben. Wenn sie in ein Spital kam. Sie war sofort unterworfen. Jeder da. Sogar die Putzfrauen. Jeder konnte über sie bestimmen. Konnte ihr sagen, was sie tun sollte. Wo sie hingehen durfte.

Wohin nicht. Und sie hätte auch die Frau Doktor nie gesehen, wenn sie nicht einfach in das Zimmer gegangen wäre. Weil alles so wie immer gewesen war. Weil sie den Anweisungen folgend in dieses Zimmer gegangen war, um vorzulesen. Wie das ganze Jahr. Weil niemand dazwischengetreten war und sie abgehalten hatte. Wenn die Oberschwester sie gesehen hätte. Und auch die Chantale. Die hätten sie abgehalten und weggeschickt. Zurückgeschickt. Schockiert. Sie wäre dann schockiert gewesen. Es hatte ausgesehen, als wäre alles so wie immer. So ein Tagein-Tagaus war das gewesen. Frühstück. Mittagessen. Jause. Abendessen. Drei Mal in der Woche war sie aufgetaucht. Nach der Jause. Vor dem Abendessen. Eine halbe Stunde. Aus einer alten Zeitung. Zuerst. Bis es klar gewesen war, dass diese Zeitung irgendwo stecken blieb. Dass die immer irgendwo stecken blieb. Dass man der alten Frau die Zeitung gar nicht mehr gab. Weil sie ohnehin nichts merkte. Sie hatte dann jedenfalls immer aus der Zeitung des Tages vorgelesen. Sie hatte die Zeitung mitgebracht. Gekauft. Beim Kiosk gegenüber vom Eingang und die Zeitung mitgebracht. Warum sollte diese Person alte Nachrichten vorgelesen bekommen. Das jedenfalls hatte sie nicht mitgemacht. Das hatte sie nicht mitmachen müssen. In ihrer Hospitalisierung. Diese Verächtlichkeit. Diese kleine Verächtlichkeit.

Wie mit kleinen Kindern. Aber vorwurfsvoller war das. Die Schwestern hatten den Umfang der Person genau festgelegt. Die hatten das bestimmt. Die hatten sie einfach in dieses Zimmer geschickt. Die Freiwillige, die Gutes tun wollte. Sie war in dieses Zimmer geschickt worden. Der Frau Doktor war sie nicht angenehm gewesen. Für die Frau Doktor hatte sie zu diesem Unvermeidlichen gehört, das jeden Tag. Diese Frau hatte lieber allein sein wollen. Aber da war ihr das Ansehen bei den Schwestern wichtiger gewesen. Da war ihr wichtiger gewesen, vor denen gut dazustehen. Das hatte lange gebraucht, bis sie da geduldet worden war. Von der Frau Doktor. Mit dieser blöden Vorleserei. Die dann ja ohnehin nur eine Litanei sein hätte können. Mit der Zeitung von der vergangenen Woche. Ein Vorlesungsgesang. Von abgelaufenen Texten. Die Frau Doktor hatte sie dann wahrscheinlich ohnehin nur geduldet, weil sie auch von den Schwestern herumkommandiert worden war. Die Frau Doktor. Die hatte das gewusst. Die hatte das alles ganz genau gewusst. Das war nicht so ein stumpfes Dasitzen. Das sah nur so aus. Da waren alle Gefühle. In Haltungen. Diese alte Frau hatte dann nur mehr in Haltungen gesprochen. Wenn sie nicht wollte. Oder wenn sie sich besser fühlte. Und wenn sie sich einem zuwandte und eine Bemerkung gemacht hatte. Oder eine dieser winzigen

Geschichten. Dass der Vater bei der Hochzeit hinter ihr geschluchzt hatte. Und dass sie dann gewusst hatte, dass er sie doch gern gehabt haben musste. Hätte er denn sonst geweint. Und wann musste das gewesen sein. Die Frau Doktor war zwei Mal verheiratet gewesen. Einmal sehr jung. Das war dann in den frühen 20er Jahren gewesen. Das musste um diese Zeit damals gewesen sein. Nach dem Ersten Weltkrieg. Nach dem Ersten Weltkrieg, in dem die Frau Doktor als junges Mädchen sich hinknien hatte müssen und für den Kaiser beten. Dass er nicht sterben solle. Und dann, weil er gestorben war. Und in dem die Frau Doktor mit den Schlangenlederschuhen von ihrer Mutter in die Tanzstunde gehen hatte müssen und sich so schrecklich geniert hatte. Für diese Schuhe.

Links vom Weg die Bäume in größeren Abständen. Rechts nur noch Schilf. Der Wind schwach. Sie hob den Kopf. Ließ den Schal nach hinten rutschen. Was wollte sie einen neuen Anfang. Sie hatte doch schon ein Ende. Da war nichts zu machen. Und gegen die Gewalt des Großväterlichen. Gegen das, was die da begonnen. Dagegen half nichts. Konnte nichts helfen. So schlimm hatte es sich keine Therapie vorstellen können. Wenn man das zur Grundlage nahm. Wenn man das als Möglichkeit voraussetzte. Und es war beruhigend gewesen. Es war verstörend und beruhigend gewesen, wie schön die alte Frau gewesen war. Wie abweisend. Wie arrogant. Wie entzogen. Wie unerreichbar. Aber niemand das sehen. Und ja eine Würde war, die alles gekostet hatte. Dann. Und sich nur gewünscht hatte, selber da zu liegen. Selber schon dort zu sein. Aber das auch wissen. Und zur gleichen Zeit die Person sein, die ins Zimmer getreten. Und vielleicht war es genau das. Dieser Wunsch und die Vorstellung von sich da. Lang ausgestreckt. Schmal. Der Kopf. Die Knochen. Die Liddeckel dünn. Über die Augen gezogen. Die Augen verhüllt. Verschlossen. Das Leben hinter diesem Gesicht eingeschlossen. Überhaupt nicht leer. Und kein Grund zu flüchten gewesen. Es war traurig gewesen, dass man sie allein lassen hatte müssen. Dass sie weggehen hatte müssen. Dass sie nicht da stehen bleiben hatte können. Einfach stehen bleiben. Aber solche Augenblicke wahrscheinlich vermieden werden mussten, weil sonst alle da stehen bleiben würden. Aber dann wahrscheinlich auch nicht. Wahrscheinlich war das nur sie. Wahrscheinlich waren das nur ihre Fluchtwünsche. Ihre passiven Fluchtwünsche. Ihre depressive Agitation. Aber wie sollte die Enkelin des Fahrplangenies der deutschen Reichsbahn. Wie sollte die einen Fluchtplan fassen. Der Großvater würde ihr immer einen Zug nachschicken. Die Züge des Großvaters würden immer schon da sein, wo sie gerade hinkam. Und es war ja nur logisch, dass sie nicht Bahn fahren konnte. Dass ihr elend wurde. Diese Erbschaften waren durch und durch banal. Und vollkommen therapieresistent. Und sie konnte es nicht einmal als Sühne verkaufen. Dass sie nun stumm geblieben war. Das war ja ihre Rettung gewesen.

Musik. Ein Schlager. Eine Schlagermelodie. Entfernt. In Fetzen. Vorne. Vor ihr. Von vorne kam. Eine Stimme. Eine einfache Melodie und ein Rhythmus dazu. Ein Hrmmtata. Ein Schlager für den Grand Prix der Volksmusik. Aber nicht auf Deutsch. Sie ging schneller. Ein Bus. Ein blauer VW-Bus stand da. Sie ging schnell. Die Musik deutlicher. Wahrscheinlich etwas über eine unglückliche Liebe. Wahrscheinlich auf Ungarisch. Die Arbeiter im Schilf. Das waren immer Ungarn. Die kamen von Ungarn herauf. Den Opi Mitwalli. Den hatte so eine Musik auch immer. Der war mit so einer Musik auch immer glücklich gewesen. Der hatte so ein kleines Radio da stehen. Einer von diesen Regionalsendern. Und so eine Musik. Rhythmus und Klage. Aber es war auch möglich, dass das die Schwestern so eingestellt hatten. Dass die wie die Zimmermädchen in den großen Hotels gleich einmal den Fernsehapparat aufdrehten, sich diese Musik eingestellt hatten. Es hatte ja auch keinen Sinn gehabt, vor 3 Uhr zur Frau Doktor zu kommen. Erst nach »Reich und schön« hatte es einen Sinn gehabt. Bis dahin der Fernsehseriennachmittag gelaufen. Im Fernsehapparat von der Frau Doktor. Und immer wieder eine der Schwestern sich ins Zimmer gesetzt. Alle flüchten mussten. Diese Schwestern. Schlecht bezahlt und die Belastung. Was blieb da anderes übrig. Da musste man glauben, wichtig zu sein. Dann wurde die Arbeit zu guten Taten gedacht. Da musste man sich zum Engel denken. Und die Gefühle wurden einem in Fernsehserien geliefert. Das machte es erträglicher. Vielleicht. Und machte immer noch unzufriedener. Es war fatal. Auch die gespielten Gefühle waren zu spüren. Das war fatal. Und jede Vortäuschung eine neue Last und mit neuen Vortäuschungen tragbar gemacht werden musste. Erträglich. Weil das erste Sich-ein-Engel-Fühlen nicht stimmte, musste man noch mehr einen Engel spielen. Noch engelhafter. Bis man ein Engel geworden. Und das war ja ihre Krankheit. Sich nicht in so ein Gebäude verstricken zu können. Sich nicht in so ein Lügenschloss zu verirren und dann auch noch den Schlüssel dazu zu verlügen. Irgendjemandem den Schlüssel zu schenken. Und das dann Liebe nennen. Oder eine gute Tat. Oder sozial sein. Und den Betrug.

Die Musik laut. Sie ging an dem VW-Bus vorbei. Ein Mann saß im Bus und trank aus einer großen Cola-Flasche. Er hielt die Flasche an den Mund. Saß zurückgebeugt. Hatte die Augen geschlossen. Hinter dem Bus standen 2 Männer. Sie sahen auf. Sahen sie an. Sie grüßte. Sie sagte »Hallo«. Die Männer nickten. Sagten etwas. Beugten sich wieder über die Schilfbündel am Boden. Sie hoben Schilf in einen Rahmen und banden die Bündel mit einem türkisfarbenen Spagat zusammen. Eine Rolle Spagat auf dem Boden. Sie ging weiter. Die Musik im Rücken. Würde sie auch so sitzen müssen. Wie der Opi Mitwalli. Oder die Frau Doktor. Neben diesen Geräuschen. Neben dieser Art von Musik. Oder solchen Fernsehserien. Die Frau Doktor hatte ein Opernabonnement gehabt. Aber sie hatte keine gute Musik hören wollen. Sie hatte sie gefragt. Sie hatte ihren discman mitgebracht. Und eine Tosca-CD. Die Frau Doktor. Die hatte abgewehrt. Die hatte so etwas immer abgewehrt. Hatte sich so weggedreht. Abgewandt. Die Mundwinkel verzogen. Spöttisch. Es hatte spöttisch ausgesehen. Und es war natürlich konsequent. Wozu sollte sie sich diese Sterbensmusik anhören. Wozu sollte sie sich in diese Sterbensphantasien vertiefen. Und war es nicht erstaunlich von ihr. Dass sie dieser alten Dame Opern vorspielen hätte wollen. Aber sie hatte gedacht, dass es für eine Opernliebhaberin. Dass es schön für sie sein könnte. Dass es ein Genuss. Wie die Volksmusik für den Opi Mitwalli. Der hatte dann gelacht. Und genickt. Der hatte gelacht und im Takt mitgenickt. Warum hatte die Frau Doktor nun diese Musik nicht. Waren es doch keine guten Erinnerungen. Waren die Opernbesuche keine guten Erinnerungen. Oder keine. Keine Erinnerung. Konnte sie sich überhaupt nicht erinnern. Wollte sie sich nicht erinnern. Sie hatte manchmal noch viel gewusst. Sie hatte ihr manchmal gesagt, was sie gesehen hatte. Dass Wagner. Dass sie das schon. Und Strauss. Richard. Und dass sie die Duse in Triest gesehen hatte. Gehört. Dass die so eine Stimme gehabt hatte. Eine Stimme, die man nicht vergessen konnte. Erinnerte man sich für sich an solche Dinge. Saß man dann da und erlebte das. Lebte das wieder durch. Mit allen Empfindungen. Ihre Erinnerungen. Postkarten. Ansichtskarten. Nicht einmal sehr bunt. Braunweiß. Und ein bisschen grün und blau. Nicht schwarzweiß. Und mehr so Standbilder. Wurde das dann anders. Veränderte sich das. Oder war es unmöglich, aus diesem Zimmer dann. Aus so einem Zimmer dann wegzukommen. Banden einen solche Zimmer fest. Dabei war es ein Einzelzimmer gewesen. Obwohl man im Spital ja immer auf sein Bett beschränkt war. Und allein in einem Zimmer. In einem Spital. Dieses Gefühl in der Brust da begonnen.

Oder sie hatte es in diesem Spitalzimmer bemerken müssen. Es war dieses wolkige Ziehen in der Brust. Es war nicht zu übergehen gewesen. Es war der Gegensatz zu draußen. Zum Gang. Auf dem alle gingen. Sprachen. Grüßten. Dahinschliffen. Die ganze Einsamkeit in die Brust gepresst. Sie hätte damals sogar mit diesem Professor reden wollen. Der, der ihr so hohnerfüllt das Ausmaß der Verstümmelung mitgeteilt. Der sich in die Zimmerecke gestellt hatte. Der sich in die Zimmerecke gelehnt hatte und ihr gesagt, dass es also nun keine Kinder geben würde. Für sie. Und es war ja nicht die Tatsache gewesen. Das hatte sie ja gewusst. Das hatte sie ja wissen müssen. Es war, wie er dagestanden. In die Ecke gelehnt. Die Hände in den Taschen des weißen Mantels. Ungeduldig. Er hatte das wohl rasch hinter sich haben wollen. Und sie hatte ja auch nichts gesagt. Sie war unbeteiligt geblieben. Warum hätte sie diesen Mann an sich beteiligen sollen. Sie hatte diese Wolken der Bedrängnis in ihrer Brust aufsteigen gespürt und diesen Mann angesehen. Vom Bett aus zu ihm hinüber. Wenigstens hatte er sich nicht über sie gebeugt. Da. Sie hatte nichts gesagt. Er hatte dann eine junge Ärztin geschickt. Damit die alles genauer bespräche. Mit ihr. Was hatte sie mit der geredet. Was hätte sie mit der reden sollen. Sie hatte das ja gewollt. Schweigend in Zimmern und nicht laut schreiend auf Bühnen. Um die Aufmerksamkeit. Aufmerksamkeit heischend. Nicht entdeckt werden. Und musste man dann diese Seidenblumen. In allen Zimmern Seidenblumensträuße. In allen Zimmern Seidenblumensträuße gestanden. Im Hildegardenheim. Seidenblumen. Nur Seidenblumen. Und alle monocolor. Vom Staub. Alle dann ein Rosabraunbeige. Verschwommen strumpffarbig. Die Strümpfe der Mutter solche Farben gehabt. Die Strümpfe im Schlafzimmer der Eltern. Auf dem verwaschen goldfarbenen Bettüberwurf. Und die Unterwäsche auch in diesen Farben gewesen. Lachs. Lachsrosa. Lachsrosabraunbeige.

Über dem Kanal. Im Schilf rechts. Ein Brummen. Ein dröhnendes Brummen. Ein Brummen und Rumpeln. Lauter wurde. Hinter dem hoch aufragenden Schilf 2 Männer zu sehen. Sitzend. Über dem Schilf sitzend. Auf einem Fahrzeug sitzend. Die 2 Männer saßen nebeneinander auf der Bank eines Fahrzeugs. Wie auf einer Kutsche. Hoch oben. Geschüttelt wurden. Vom Fahren. Auf- und abgeschüttelt. Hoch- und niedergeworfen. Über riesigen Reifen auf dem Fahrzeug saßen. Riesige Reifen an einem goldgelben Gefährt. Ballonreifen. Schulterhohe Ballonreifen. Ein riesengroßes Kinderfahrzeug über das Schilffeld rechts holperte. Hinten auf einer Ladefläche Schilf aufgeladen. Das

Schilf ragte weit über die Köpfe der Männer hinauf. Das Fahrzeug fuhr den Kanal entlang. Auf eine Brücke zu. Weit vorne eine Brücke über den Kanal. Die Brücke nur 2 Bohlen und Bretter quer darüber gelegt. Schwarze Bretter. Das Fahrzeug fuhr neben ihr. Auf der anderen Seite des Kanals. Hinter dem Schilf am Ufer. Sie ging. Sie ging schneller. Die Männer rechts. Das Fahrzeug behäbig. Laut. Sie ging sehr schnell. Sie warf sich im Gehen nach vorne. Atmete scharf durch die Nase ein. Die kalte Luft. Hinten. Über der Nase. Zum Rachen hinunter. Die Kälte scharf. Schneidend. Sie ging noch schneller. Es war auf einmal wichtig. Es war auf einmal das Wichtigste. Sie musste vor den Männern auf dem Fahrzeug an der Brücke sein. Sie musste an der Brücke vorbei sein, bis die über die Brücke gefahren kamen. Und sie durfte nicht laufen. Sie durfte nicht laufend gesehen werden. Man durfte nicht sehen, dass das wichtig für sie war. Sie durfte nicht ins Laufen fallen. Nicht in dieses stoßende Vorwärts. Der Körper erst schwer und ins Laufen gerissen werden musste. Der Körper einen Rhythmus finden und erst dann nicht mehr so schwerfällig. Aber die ersten Schritte. Die Schwerkraft war da zehnfach. Der Körper in die Erde gezogen und herausgerissen werden musste. Herauf. In die Höhe. Das sah unbeholfen aus. Schwer. Und der Busen die Bewegung verlangsamt nachschwang. Gegen die Bewegung nach vorne der Busen nach rechts und links. Beschwerlich. Beschwerlich und alt sah das aus. Gehen dagegen. Schnelles Gehen. So ein Knapp-über-dem-Boden-und-Dahin. Das sah mühelos aus. Das war mühelos anzusehen. Da konnte niemand ihre Absicht. Sie hastete. Der Atem scharf. Sie hastete und atmete kurz ein. Stieß den Atem lang gezogen aus. 2 Schritte lang ausatmen. Kurz aufziehen und lang ausstoßen. Sie hielt die Arme vor der Brust verschränkt. Man konnte einen Herzstillstand haben. Von der kalten Luft. Von der kalten Luft so nahe am Herzen. Der Mantelsaum wickelte sich um ihre Waden. Der Mantel bauschte sich vorne zusammen. Sie riss den Mantel auf. Ließ die Teile vorne rechts und links nach hinten wehen. Die Kälte bis an den Unterleib. Sie eilte vorwärts. Das Fahrzeug vom Kanal weg nach rechts. In einem Bogen. Geradewegs auf die Brücke zufahren wollte. Geradewegs auf die Bretter zu. Die beiden Männer sahen auf die Brücke. Starrten auf die Brücke. Der Fahrer nahm Maß, auf die Bretter aufzufahren. Sie hatten sie nicht gesehen. Sie hatten sie noch nicht gesehen. Sie sollten sie überhaupt nicht sehen. Nur von hinten. Sie ging noch schneller. Der gefrorene Boden knirschte leise. Der Motor des Fahrzeugs heulte auf. Der Fahrer schaltete herunter. Ließ den Motor zwischen den Gängen aufheulen. Er lenkte auf die Brücke zu. Für sie war es noch weit zur Brücke. Der Motor heulte wieder auf. Kreischte. Sie musste dahin kommen. Vor denen. Und ohne Laufen. Ihr Atem ging zischend. Sie atmete durch den Mund. Schnappte nach der eisigen Luft. Stieß sie aus. Konnte keinen langen Strom ausatmen. Sie konnte die Luft kaum aus dem Mund stoßen, musste sie schon nach der neuen. Sie keuchte. Ihre Beine knapp vor dem Laufen. Mit Mühe knapp vor dem Laufen. Knapp davor, sich ins Laufen zu werfen. Sich ins Laufen zu heben. Ein Schluchzen entfuhr ihr. Es war wichtig. Es war lebenswichtig. Es war überlebenswichtig, vor diesen Männern an der Brücke zu sein. Und vorbei. Das Fahrzeug rumpelte auf die Brücke zu. Der Mann am Steuer saß vorgebeugt. Über das Lenkrad gebeugt, steuerte er die Brücke an. Sie konnte die Brücke nur seitlich sehen. Sie warf sich vorwärts. Der Wind trieb ihr den Mantel wieder nach vorne. Um die Beine. Zwischen die Beine. Sie eilte. Das Fahrzeug war vor der Brücke. Stand. Rüttelte im Leerlauf. Sie sah auf den Weg. Befahl ihren Beinen, schneller zu sein. Ohne zu laufen. Sie schleuderte ihren Oberkörper nach vorne. Hielt den Mantel vor der Brust zusammen. Sie sah nicht nach rechts. Sie wollte die Männer nicht anschauen. Sie wollte nicht durch ihr Schauen deren Blicke auf sich ziehen. Sie hastete keuchend. Der Motor heulte wieder auf. Das Fahrzeug bewegte sich zurück. Blieb wieder stehen. Sie konnte die Brücke genauer sehen. Dunkles Holz. 2 Balken und die Bretter quer. Es gab kein Geländer. Aber die Brücke schien breit zu sein. Musste breit sein für diese übergroßen Reifen. Konnte man mit solchen Reifen übers Eis fahren. Waren die Reifen deshalb so riesig. Das Fahrzeug fuhr wieder los. Holperte über die Böschung auf die Brücke zu. Über die Böschung hinunter. Sie hastete. Warf sich nach vorne. Sie hörte, wie das Fahrzeug auf die ersten Bretter der Brücke rumpelte. Hörte das Holz unter dem Aufprall knallen. Sie stürzte vorwärts. Sie atmete in harten kleinen Stößen. Die Brust innen kalt. Der Rachen scharf gelähmt von der Kälte. Der Mantel flatterte hinter ihr her. Die Beine. Der Leib. Im kalten Wind. Sie hörte das Fahrzeug auf der Brücke. Langsam von einem Brett zum nächsten holpernd. Der Motor heulte immer wieder auf. Sie sah sich nicht um. Sie eilte weiter. Warf sich nach vorne. Der Wind von hinten trieb den Schal nach vorne. Sie ging weiter. Schnell. So schnell es ging. Hinter sich hörte sie ein Krachen. Ein Splittern. Ausrufe. Die Männer schrien. Sie drehte sich nicht um. Sie ging weiter. Ging langsamer. Etwas stürzte ins Wasser. Klatschte auf dem Wasser auf. Rutschte ins Wasser. Sie ging wieder schneller. Der Weg machte eine Biegung. An der Biegung würde sie sich umdrehen dürfen. Sich umsehen. Ansehen, was geschehen war. Die Männer riefen. Hinter ihr riefen die Männer sich etwas zu. Brüllten. Machten einander Vorwürfe. In einer fremden Sprache. Ungarisch. Wahrscheinlich. Aber die Slowakei hier auch nahe. Es konnten auch Arbeiter aus der Slowakei sein. Sie konnte nur den Ton hören. Wütend und vorwurfsvoll. Zornig. Sie ging. Dachte nur sie immer daran. Dachte nur sie jeden Augenblick daran. Dachte nur sie die ganze Zeit daran, wie das sein würde. Dieser letzte Augenblick. Und würde sie dann daliegen und sich denken, dass es das nun war. Und dass das nur sie wissen würde, wie das war. Dieses Geheimnis nur ihr gehören würde. Und ja möglicherweise der letzte Augenblick von jedem Menschen genauso. Aber es niemand vom anderen je wissen. Und deshalb einem gehörte. Ganz allein. Ganz allein und diesen kurzen Augenblick lang. In diesem Augenblick würde sie das erste Mal nur sie selber sein. In diesem Augenblick nur das Wissen, wie es war und keine Frage. Oder eher die Frage die Antwort. »Ist es das jetzt.« Und es würde ihr dann gleichgültig sein. Vielleicht würde es dann das erste Mal auch gleichgültig sein, dass ihr jemand zusah. Dass sie vor Publikum. Ihr das ja niemand nehmen. Das würde ihr ja niemand nehmen können. Diesen Moment. Und wahrscheinlich war es dann gleichgültig. Wahrscheinlich war es dann endlich gleichgültig, dass der Großvater das auch. Dass es diese Form von Gerechtigkeit nicht gab. Dass der Großvater in seinem Bett sterben hatte können. Nachdem er so viele von ihren Betten wegtransportiert hatte. Und vielleicht war das dann wirklich und endgültig nicht mehr wichtig. Ungerecht. Die Welt hatte ihm das gelassen. Ungerecht, aber nicht wichtig. Dann. Die ganze Welt dann nur mehr auf sie selber zusammengeronnen. Unmitteilbar. In der Auslöschung ausgelöscht. Und knapp davor ein winziger Moment. Und dann auch die Gleichgültigkeit gleichgültig.

Sie ging. Sie hielt den Mantel um sich gerafft. Drehte sich im Weitergehen um. Drehte sich einmal um sich selbst und sah zurück. Unterbrach das Gehen nicht. Drehte sich im Gehen. Hinten. Das Fahrzeug lag im Wasser. Es lag auf der Seite. Die Bretter der Brücke ragten in die Luft und verdeckten das Fahrzeug. Der Anhänger mit dem Schilf stand mit den Hinterrädern noch auf den kippenden Brettern. Das Schilf ins Wasser rutschend. Einer der Männer stand auf der rechten Seite des Kanals. Der andere auf der linken. Sie schrien aufeinander ein. Über den Kanal hinweg. Sie ging. Sie drehte sich noch einmal um sich. Der Anhänger verschwand gerade ins Wasser. Versank auf der anderen Seite. Die Bretter waren auf der einen Seite ins Wasser gedrückt. Sie stiegen auf und die umgekippten Bretter verdeckten die Sicht. Die Brückenbretter standen in die Höhe. Ein Zaun. Das Fahrzeug dahinter versteckt.

Sie ging weiter. Das Geschrei der Männer hinter ihr. Sie wickelte sich in den Mantel. Hielt den Mantel mit den verschränkten Armen fest. Der Schal war wieder hinuntergerutscht. Der Wind an den Hals. Der Wind zwischen Schal und Haube. Stechend. Dabei war es besser geworden. Mit 16 hatte sie viel mehr Angst gehabt. Jetzt. Sie hatte keine Angst. Sie hatte nicht diese Angst. Es blieb das Herz nicht mehr stehen, und es öffnete sich etwas vor einem, das aber in einem war und in das hinein einen etwas Warmschwarzes verschlang. Glatt und trocken warm. Kopfüber in sich selbst. Das Gegenteil einer Stülpung. Wie konnte das heißen. Und es war dann immer noch das Gegenteil der endgültigen Angst. Der Angst, die hinter allem. Oder davor. Die Angst, die sie niemandem. Die unberichtbare Angst. Die unerzählbare Reaktion. Die die Angst beim Singen. Es war ja nicht einfach die Angst vor den Masken. Es war die Angst, dass das vor den Masken passierte. Dass das angesichts der Masken. Dass die Masken das verlangen konnten und dass es dann passierte. Dass es dann passieren musste. Auf Verlangen. Dass man ihr das vorschreiben konnte. Und dass sie für die Erfüllung dieser Vorschrift sich entsetzlich fühlen musste. Dass sie, sich die Auslöschung wünschend, sich elend. Und wie knapp vor der Ohnmacht tappend, dieses Ziehen hinten. Hinten. Den Hinterkopf hinunter in die Kehle. Und dann in die Brust. Und schreien hätte wollen. Jammern. Aber es immer ein Opernschrei sein würde, der ihr. Sie würde immer nur Opernschreie ausstoßen können. Es würde immer gleich schön sein. Sie hätte nicht krächzen können. Sie hatte keine Möglichkeit mehr, einen hässlichen Schrei aus sich herauszuholen. Stöhnen. Stöhnen vielleicht. An den Stimmbändern vorbeiseufzen. Ächzen. Wimmern. Sie konnte leise vor sich hinwimmern. Die Kopfstimme pianissimo. Sich in eine Decke wickeln. Oder im Bett sitzen. Oder in einer Ecke. Und wimmern. Ein bisschen vor und zurück. Ein kleiner Rhythmus. Dann war sie das Tierchen, das sie aus ihr gemacht hatten. Das nur mehr geborgt schreien konnte. Dann konnte sie dieses Tier sein. Aber leise. Fast lautlos. Weil das Schreien ihr nicht mehr gehörte. Leise gemacht. Fast lautlos. Und jetzt gab es niemanden mehr, der sich kümmerte. Niemand war mehr da, sich um dieses Tierchen zu kümmern. Sie war geliebt worden. Für dieses Tierchensein. Der

Gerhard hatte sie dann gehalten. Er hatte sich hinter sie gesetzt und sie gegen sich gedrückt. Die Arme vorne um ihre. Verschränkt und festgehalten. Zwangsjackig. Aber eine Hülle. Eine Schale für das Tierchen. Bis die Müdigkeit und sie geschlafen. Dann. Sie hatten es beide gewusst. Es half nichts. Was man nicht bekommen hatte. Das ließ sich nicht nachholen. Das konnte nicht nachgeliefert werden. Ihre Liebe war in diesem Nichts zu Hause gewesen. Geschwister. Eigentlich. Eigentlich waren sie Geschwister gewesen. Einander tröstende Geschwister. Von den Eltern in den Wald geschickt und allein. Gegen diese Eltern hatten sie triumphiert. Gegen diese Eltern, die sie dem Großvater überlassen hatten. Die dem Großvater den Platz an ihrem Tisch überlassen. Die ihn gefüttert hatten. Die ihm das gegeben hatten, was ihr gehört hätte. Was ihr gehören hätte sollen. Die den Großvater als Überkind aufgenommen. Und ihm alle Macht über sie. Die ihn hinter die Küche in das Dienstmädchenzimmer gesperrt hatten und dann die Tür nicht versperrt. Die ihn aufgenommen hatten, weil er schuldig gewesen war. Die ihn aufgenommen hatten, weil sie es nicht geschafft hatten, zu Gericht zu sitzen. Die ihm das überlassen. Weil er das konnte. Weil er das gelernt hatte. Weil er das wollte. Die immer irgendwie dazwischen geblieben waren, damit sie jederzeit auf jede

Seite fallen hatten können. Ungenau und unentschlossen und dann nichts sagten. Nicht Auskunft. Nicht Auskunft geben konnten. Es musste Pflicht werden. Es musste als Pflicht deklariert werden. Die Eltern und die Großeltern. Sie mussten gezwungen werden, alles zu erzählen. Auskunft über sich. Wie konnte es sein, mit diesen Leuten zusammenzuleben. Von ihnen so abhängig. So entsetzlich abhängig zu sein. Und nichts zu wissen. Überhaupt nichts zu wissen. Ein Geschichtchen da. Ein Geschichtchen dort. Kitschige Augenblicke auf die Selbstschau. Keine Auskunft. Nicht einmal die Geschichte. Die allgemeine Geschichte. In der Schule immer nur bis zum Ersten Weltkrieg. Und so saßen sie alle um diesen Tisch. Ewig würden sie um diesen Tisch sitzen. Sitzen bleiben. Sitzen bleiben müssen. Der Großvater als Letzter an den Tisch kam. Obwohl der Vater nur eine Dreiviertelstunde Mittagspause gehabt hatte. Der Großvater war als Letzter gekommen. Der Vater aus der Bank über die Straße herübergekommen. Sie war von der Schule zurück. Sie hatte an seiner Zimmertür klopfen müssen. Und er hatte gerufen. Gleich, hatte er gerufen. Gleich wäre er da. Sofort. Und sie war an den Tisch zurück. Hatte die Stoffserviette aus dem Serviettenring und die Serviette auf den Schoß. Genau ausgebreitet. Ordentlich. Der Vater aß Suppe. Hatte mit der Suppe begonnen. Die

Mutter schwieg. Der Vater stand auf und holte sich den Spinat und den Erdäpfelschmarrn aus der Küche. Und der Großvater. Der Großvater kam dann. Tauchte auf. Redete mit der Mutter. Dass es gut röche. Dass er sich auf die Suppe freute. Und dann, dass die Suppe kalt war. Aber er äße sie. Das machte ihm nichts aus. Er habe ja kein Recht. Er wüsste das schon. Man solle sich seinetwegen keine Umstände machen. Natürlich hätte das alles anders ausgehen können. Ganz anders hätte das alles ausgehen können. Und dann sähe das alles auch anders aus. Ganz anders sähe das dann aus. Und dann kam der Satz vom Vater. Dass man da auch ganz anderer Meinung sein könne. Und dann die Handbewegung. Und der Vater die Erdäpfel in den Spinat drückte. Zerdrückte. Mit der Gabel die Erdäpfel zu Brei und mit dem Spinat vermischte. Diesen Satz. Diesen Satz vom Vater. An den konnte sie sich nicht erinnern. Den wusste sie. Und in der Erinnerung. Dann nur mehr die Handbewegung vom Großvater. War das nun immer so gewesen. War das jeden Tag so gewesen. So, wie es sich anfühlte. Oder war das nur manchmal. Oder überhaupt nur einmal und die Erinnerung wusste einen Zustand besser als die Wirklichkeit. Aber wahrscheinlich war es oft gewesen. Und der Küchengeruch. Im Winter die schlecht geheizte Küche. Das Gas. Der Dampf vom Erdäpfelkochen.

Oder Nudelwasser. Die Spiegeleier. Und wenn dann ein Speck. Und so ein Überzug über alles.

Der Wind um den Hals. Sie ging. Zog die Handschuhe aus. Legte den Schal wieder über die Haube. Schlang die Schalenden um den Hals vorne. Verknotete die Enden im Genick. Fest. Sie ging. Der Schal schnitt unter dem Kinn ein. Sie zog die Handschuhe an. Vergrub die Hände in den Manteltaschen. Der Schal weit nach vorne geschoben. Der Schal die Sicht begrenzte. Aber es war warm. Als junge Frau hatte sie noch viel mehr gefroren. Sie hätte diesen Spaziergang nicht gemacht. Als junge Frau. Sie hätte umgedreht. Sie wäre nach 100 Metern in diesem kalten Wind umgekehrt. Sie hatte auch im Sommer immer Strickjacken dabei haben müssen. Hatte immer Strickjacken mitgeschleppt. Im Sommer. Im Sommer der Himmel nie dieses Blau. Nie dieses luftige Blau. So ein dünnes luftiges Blau. So ein aufgelöstes Blau. Ein sich auflösendes Blau. Ein zerfließendes Blau. Ein sanftes Jubeln. Das war nur in der Kälte möglich. Und Kälte ihr mittlerweile lieber. In der Kälte sich zusammengehaltener fühlen konnte. So von der Kälte von außen zusammengehalten. So um einen Kern gefasst. Glatt und kalt außen. Und innen warm. Dieses Gelebe innen. Dieses Pumpen und Fließen. Dieses Schlagen und Treiben.

Dieses Mischen und Trennen. Das war sicherer. Das war besser aufgehoben. Abgetrennter vom Außen. Wenn es kalt war. In der Hitze. Hitze. Das war doch immer eine Drohung einzudringen. Und alles schneller. Dann innen alles schneller werden müsste. Immer schneller und verkochen. Lärmend. Brodelnd. In der Hitze fest werden. Sich festfahren. Der Körper müsste sich laut lärmend festfahren. In der Hitze. Wenn es kalt war. Da konnte es nur langsamer werden. Langsamer und kühler. Eine Stille. Wie diese Frau auf der Baumgartner Höhe. Auf die Gelegenheit warten. Schlafmittel ansammeln. Die Schlaftabletten verstecken. Zuerst im Mund. Dann. Wo dann. Wie machte man das. In einer Psychiatrie. In Österreich liefen doch Videokameras. In den Zimmern. Überwacht. Da wurde alles gefilmt. In Österreich wurden die Menschen die ganze Zeit gefilmt. Und dann sah niemand die Filme. In Österreich war man an eine Kamera ausgeliefert. Aus Personalersparnis. Und wenn die Kamera nicht sehen durfte, dass man Schlaftabletten. Wo würde sie die verstecken. Vielleicht gab es etwas am Bett. Eine Stelle, wo man etwas abschrauben konnte und die Tabletten horten. Da. Und so tun, als würde man sich spielen. Als würde man eine von diesen automatischen Bewegungen. Eine von diesen stumpfen Wiederholungen machen und das Verstecken darin verbergen. Oder in ein Plastiksackerl. Unter der Decke. Und dann in die Scheide. Auf dem Clo. Filmten die die Patienten auch auf dem Clo. Dann musste man so tun. Als würde man einen Tampon. Oder auch unter der Decke. In den reality-tv-shows. Da zogen sie ja auch die Decken über. Gegen die Kamera. Man musste also die Tabletten in den Mund stecken. Zuerst musste man sich wohlverhalten und das Vertrauen verdienen, nicht mehr Infusionen. Nicht mehr alle Medikamente über Infusionen. Dass man schon verständig genug war. Dass man wieder verständig genug war, die Medikamente oral. Dass man wieder Verantwortung übernehmen konnte. Dass man sich einordnen wollte. Ins Leben zurück. Dass man wieder leben wollte. Und dann musste man der Kamera die Wirkung der Medikamente vorspielen. Dann musste man der Kamera die Wirkung der Schlaftabletten vorspielen, während die in der Scheide eingelagert waren. Aber das würde sie können. Das würde sie sicher können. Das war nur Kindheit. Das war ganz einfache Kindheit. Ja, Mama. Ja, Opi. Ja, gleich. Das musste man nur wieder lernen. Da musste man sich hineinfallen lassen und das Ziel nur ganz dünn. Ganz tief und schmal der Film vom Ziel. So wie damals der Wunsch, schon groß zu sein. Den musste man mitlaufen lassen. Diesen Film. Immer mitlaufen lassen. Irgendwo weit außen. Oder hoch oben.

Das war Arbeit. Das war die wirkliche Arbeit. Das war immer die Arbeit von diesen Zielen gewesen. Und kein Leitmotiv. Das war kein Leitmotiv. Leitmotive immer unten mitschwangen. Unter allem. Bei Leitmotiven das Ziel verloren gehen würde. Das persönliche Ziel. Das Singen. Das war ein Leitmotiv gewesen. Und vielleicht ja nur das Problem, etwas tief Tönendes mit ihrer hohen Stimme singen zu müssen. Und bei Leitmotiven. Da war das Persönliche zu verlernen gewesen. Dafür hätte man das Persönliche verlernen müssen. Und das war ja die Erbschaft. Die widerstreitige Erbschaft. Das war ja das, wo sie dazwischen hängen geblieben. Zwischen einem Leben für sich und einem Leben für das Leitmotiv. Wegen des Großvaters. Weil der Großvater seinen Lebenshass. Weil der Großvater seine Ausmerzwut jeden Tag aus dem Dienstmädchenzimmer an den Esstisch getragen hatte. Und seinen Sohn nicht ausgenommen. Aus dieser Wut. Der seine Niederlage nicht zur Kenntnis nehmen hatte müssen. Der einfach nicht verloren hatte. Der mit dem Leitmotiv die Ewigkeit gepachtet hatte. Aber diese Frau. Auf der Baumgartner Höhe. Wahrscheinlich ganz ruhig. Man war ruhig dann. Nach der Katastrophe war man wahrscheinlich ruhig. Nach dem Heilschlaf. Mit den Psychopharmaka. Der Mord an den beiden Kindern. Der wurde da eine kalte Tatsache. Wahrscheinlich.

Nichts Heißes. Warmes. Kalt und frostig. Das hatte sie getan und das musste sie zu Ende führen. Die hatte das Ziel nie aus den Augen verloren. Trotz all dieser Eingriffe. 2 Jahre lang. 2 Jahre lang hatte sie ihr Mitmachen vorgetäuscht und sich dann in den Schnee gelegt. Nackt. Sie hatte sich ausgezogen. Sie würde sich zuerst ausziehen und dann die Tabletten nehmen. Sie würde etwas zu trinken mitnehmen und die Tabletten. Oder hinunterwürgen. Mit Speichel. Im Schnee sitzen und die Tabletten schlucken. Die Kälte von außen nach innen schlucken. Und sich hinlegen. In den Schnee. Schnee notwendig. Schnee eine Rückkehr in ein Bett. Ruhe und Geborgenheit. Weiße Ruhe und Geborgenheit. Kälte brannte zuerst. Zuerst tat Kälte weh. Brennend. Aber leise. Eben leise. Kälte geräuschlos. Kein Brodeln oder Toben wie die Hitze. Und dann war sie gestorben. Schlafend und leise. Und warum ging ihr das nicht von der Hand. Welche Brutalität hatten ihr der Großvater und seine Kumpane eingesetzt. Welches Hindernis. Selbstmord doch ein ewiges Üben dieses Augenblicks war. Der Gedanke an Selbstmord ein stetes Überlegen sein musste, wie das nun sein würde. Wie sich das anfühlen würde. In ihrem Fall eine Trainingsfrage. Und sollte sie sich ihren personal trainer bei dieser Organisation holen. Sollte sie »Exit« beitreten und sich in den Selbstmord coachen lassen.

Sie ging. Keine Bäume mehr. Rechts und links Schilf. Der Kanal. Nach links hin die Hügel. Nach rechts der Himmel. Das Problem war doch immer, wer an einem verdiente. Diese »Exit«-Leute. Die verdienten ihr Geld mit dem Selbstmord anderer. Mit der Selbstmordbegleitung. Da war sie nicht allein. Da war irgendjemand. Aber jemand, der da blieb. Der das Rezept selber nicht befolgte. Das war dann nicht so anders als im Hildegardenheim. Da umstanden sie einen. Sahen einen an. Und vielleicht war das mit ihrer neurotischen Abwehr von Publikum ein Rezept für das ewige Leben. Vielleicht konnte sie nicht einmal sterben vor Publikum. Die machten doch da eine Liste mit einem. Für die letzten Telefonate. Da riefen die Selbstmörder noch einmal alle an. Riefen sich noch einmal in Erinnerung. Die ließen sogar Nachrichten auf Anrufbeantwortern. Das letzte Mal hören. Von jemandem. Eine Nachricht. So, wie bei den Eltern von diesem Mädchen. Eine SMS. Eine letzte SMS. Bevor sie sich unter den Zug wirft, schickt sie eine SMS an die Eltern. An die besten Eltern von der Welt. Aber doch unter den Zug. Den Körper zerschneiden lassen. Schleifen. Zertrümmern. Zermörsern. So glatt den Kopf ab. So einfach den Kopf abgetrennt. Wie in der »Anna Karenina«. So wird das ja nicht sein. Und die musste den Kopf verlieren, weil sie ihn ja längst verloren gehabt hatte. Weil sie mit ihrem Frauenkörper gedacht hatte. Sich für ihren Körper einen Mann ausgesucht. Da musste der Kopf dann ab. Aber was machten diese Eltern. Wie bewahrte man eine SMS auf. Zur ewigen Erinnerung. Wie stellte man sich eine SMS auf. Durfte man dann dieses handy nie wieder benutzen. Aber immer wieder laden. Damit man die Nachricht wieder lesen konnte. Oder konnte man eine SMS herunterladen und ausdrucken. Und dann konnte man die Nachricht, dass man die besten Eltern von der Welt wäre. Die konnte man dann auf ein Blatt mit Blumenrand drucken und in einen Silberrahmen. Und konnte das sein. Konnten die Eltern die besten Eltern von der Welt sein und trotzdem. Ihre. Ihre Eltern. Die waren wahrscheinlich auch die besten Eltern von der Welt. Die besten Eltern gewesen. Und das war eben nicht viel. Damals. Oder sie hatten einfach so getan. Beschützt hatten sie sie jedenfalls nicht. Dann hätten sie den Großvater nicht da wohnen lassen dürfen. Dann hätten sie ihn nie ins Haus lassen dürfen. Dann hätten sie ihn gleich an irgendeine Gerda weiterschieben müssen. Solche Männer wie der Großvater. Die fanden doch immer irgendeine Gerda. Eine, die sich opfern wollte. Die sich aus dem Opfern ernähren wollten. Die im Dienen der Herr werden konnten. Der bessere Herr. Die Gerda. Die war ja richtig stark geworden. Der Großvater schwächer. Schwächlich. Klein. Beim Besuchen. Zu Weihnachten. In Eichgraben. Jedes Jahr kleiner. Und die Gerda immer stärker. Drall. Die Gerda war so eine dralle Person gewesen. An der war auch noch das Fett kräftig gewesen. Und immer nach Scheiße gerochen. Ein bisschen nach Scheiße. Frische Scheiße. Den alten Mann hatte das wahrscheinlich noch angetörnt. Den hatte das wahrscheinlich noch geil gemacht. Und die Gerda dann innerhalb von einem Monat. Und der Großvater gleich nach ihr sterben hatte müssen. Als wäre das so eine Liebe gewesen. So eine lebenslange Liebe. Eine, nach der der andere nicht mehr weiterleben kann. Allein. Aber der Großvater war uralt gewesen. Und die Gerda so alt wie sie jetzt. Höchstens. Aber das wusste sie gar nicht. Das wusste sie gar nicht genau. Das hatte immer nur die Mutter gesagt. Dass die Gerda so jung war. Zu jung. Zu jung für diesen alten Mann. Die Gerda war wahrscheinlich nicht viel älter als die Mutter gewesen. Und die Mutter. Aber sie hätte niemanden für einen letzten Anruf. Sie hätte niemanden, den sie am Nachmittag anrufen könnte und erzählen, dass sie es jetzt machen würde. Und dass man sie nicht abbringen könnte. Dass es keinen Sinn hätte, sie davon abbringen zu wollen. Ihr das ausreden zu wollen. Dass sie sich entschlossen hätte. Dass sie aber gut versorgt wäre. Dass man sich bei »Exit« wunderbar um sie kümmere. Dass man sie liebevoll versorgte. Beim Sterben. Es gab niemanden, dem das zu sagen. Sie wäre sogar für »Exit« ein langweiliger Fall gewesen.

Sie ging. Immer unter einem solch frostig blauen Himmel sein hätte wollen. Unter diesem Blau. Dieses Blau. Das machte sie glücklich. Sie lehnte den Kopf nach hinten. Sie hatte die Hände tief in den Manteltaschen. Sie ging. Weit nach hinten gelehnt. Sah nichts vom Boden. Ging. Ohne zu sehen wohin. Oben. Durchsichtig weiße Wolkenzüge. Über den Hügel links. Nach vorne. Über dem See das Blau von dünnen Wolkenschleiern durchzogen. Sie sollte wieder beginnen. Sie sollte wieder Himmelstagebücher führen. Für jeden Tag den Himmel. Und immer neue Worte für die Blaus und Graus und Schwarz und Weiß. In schwarz gebundenen Tagebuchheften. Blau. Die Seiten am Rand blau gefärbt. Blau für kariert. Rot für liniert. Grün für unliniert. Und wieder daran glauben. Sie sollte wieder daran glauben, dass sie jetzt. Wenn sie so ging. Wenn sie den Kopf so zurück gelegt vor sich hin ging. Dass sie dann über den Horizont hinaufgehen könnte. Dass sie so auf den Himmel hinaufwandern könnte. Dass sie so einfach auf das Blau steigen würde können und auf dem Blau dahin. Davonkommen könnte. Nicht in das

Blau. Auf dem Blau. Sie hatte sich sehen können. Immer kleiner werden. Den Himmel entlanggehen. Wegschlendern. Aber sie machte das nicht mehr. Sie machte solche Sachen nicht mehr. Sie glaubte an solche Sachen nicht mehr. Und sie schrieb nichts mehr auf. Es hatte keinen Sinn. Sie las es nicht. Es war in diese Hefte gebannt. Blieb in diese Hefte beschlossen. Und sie schrieb nichts mehr, weil der Gerhard nicht mehr. Weil sie es ihm nicht mehr verbieten konnte. Lesen. Sie konnte ihm nicht mehr verbieten, diese Hefte anzuschauen. Ja. Nur eines aufzumachen. Existierte sie also doch nur, wenn sie Publikum hatte. Wenn ihr jemand zusah. Wenn ihr jemand zugesehen hatte. Und jetzt ging es darum, alles loszuwerden. Sie musste überlegen, was sie behalten wollte. Und was vernichten. Sie musste das alles vernichten. Verbrennen. Das Haus anzünden. Die Fotos. Die Tagebücher. Die Dokumente. Es war ja auch noch alles vom Großvater im Haus. Sie hatte das ja alles immer zugeschoben bekommen. Bei jedem Tod waren ihr Kisten mit Dokumenten ins Haus gekommen. Ansichtskarten. Röntgenbilder. Diagnosen. Zeugnisse. Laborbefunde. Landkarten. Einladungen. Todesanzeigen. Programmhefte. Fahrkarten. Reiseprospekte. Und immer die Lust, das alles zusammenzukleben. In einen großen Haufen zusammenzukleben. Für den Vater einen Würfel. Für den Vater hätte sie einen Würfel geklebt. Die Reste vom Vater. Die hätte sie präzise aufeinander geklebt. Und außen eine Schicht von etwas undurchsichtig Schimmerndem. Für den Vater hätte es außen einen Perlmuttüberzug geben müssen. Ein Würfel mit Perlmuttglanz. Der Vater. Da wäre er dann einmal sicher. In so einem Würfel. Präzise und sicher und undurchsichtig, aber glänzend. Dieses Beseitigen. Das musste man rechtzeitig machen. Da durfte sie nicht mehr zögern. Die Leute, die ihr Haus dann ausräumen. Die würden das alles auf den Flohmarkt. Das würde dann alles auf einem Flohmarkt landen. Und alles wieder auseinander genommen. Die Ansichtskarten zu den Ansichtskarten. Die Landkarten zu den Landkarten. Die Programmhefte zu den Programmheften. Und alles andere. Das Persönliche. Das würde in den Papiercontainer. Sie sollte Papierbegräbnisse machen. Sie sollte den Kamin im Wohnzimmer wieder benutzen. Den Rauchfangkehrer kommen lassen und den Kamin wieder benutzen. Und alles ordnen. Und dann in die Flammen. Und welche Ordnung wäre da richtig. Nach den Personen. Oder alle Laborbefunde. Und dann an einem Abend alle Ansichtskarten. Und dann alle Fahrkarten. Und dann ihre Tagebücher. Dann. Dann blieb nichts. Übrig. Gar nichts. Die Frau Doktor. Die hatte einen Bildband von Triest. Und einen Bildband von Venedig. In dem hatte sie geblättert. Wenn man ins Zimmer gekommen war. Die alte Frau war im Rollstuhl am Tisch gesessen. Zwischen Bett und Tisch. Die Balkontür hinter ihr. Eine Birke im Blickfeld. Über dem Tisch Marienbilder. Kalenderbilder. Ausgeschnitten und in billigen Rahmen. Eine Zeichnung. Einmal hatte die Frau Doktor doch bei der Beschäftigungstherapie mitgemacht. Ein Apfel und eine Birne waren da gezeichnet. In Buntstift. Der Apfel rot und die Birne blau. Auf dem Tisch Blumensträuße in Glasvasen. Seidenblumensträuße. Ein großer. Ein kleiner. Platz wegnahmen. Ein Stoß alter Zeitungen. Und gerade noch Platz für einen Bildband. Die alte Frau hatte mechanisch geblättert. Sie begann irgendwo. Irgendwo in der Mitte. Irgendwo. Zufällig. Und blätterte dann zum Ende hin. Seite für Seite. Jede Seite aufmerksam. Sie hatte jede Seite aufmerksam angesehen. Sie hatte die Orte wieder erkannt. Aber jedes Mal neu. Es hatte so ausgesehen, als würde sie die Orte auf den Bildern bei jedem Ansehen neu wieder erkennen. Es hatte auch so ausgesehen, als würde es sie verwundern, dass es Abbildungen gab. Als hätte diese alte Frau vergessen, dass man die Welt abbilden konnte und sie hatte sich bei jedem Bild neu gefreut. Über diese Möglichkeit. In Triest hatte sie gewohnt. In der Via Tagliapietra. Das sagte sie jedes Mal. Am Ende. Sie hatte das

Buch bis zur letzten Seite durchgesehen. Das Buch geschlossen. Vorsichtig. Das Buch zum Wiederansehen hingelegt. Die Vorderseite nach oben. Dann hatte sie das gesagt. Jedes Mal. Dass sie in Triest gelebt hatte. In den 20er Jahren. In der Via Tagliapietra. Und dass sie später wieder da gewesen war. Und das Haus angesehen hatte. In dem sie gewohnt hatte. Sehr luxuriös hätte sie da gewohnt. Eine Wohnung mit Ausblick auf das Meer wäre das gewesen. Und dass das das Leben erleichtere. Der Ausblick aufs Meer. Und dann hatte sie den Kopf gebeugt. Hatte das Buch angesehen. Hatte das Buch wieder entdeckt. Hatte das Buch aufgeschlagen und wieder begonnen. Seite für Seite. Mit dieser Aufmerksamkeit.

Der Weg weiter nach links. Weiter vorne. Ein Hochstand. Der Wind. Der Wind zwischen Handschuhe und Mantelärmel. Hineinfuhr. Die Kälte nadelstichbrennend. Auf dem Handgelenk. Sie steckte die Hände in die Mantelärmel. Hielt die Arme an den Körper gepresst. Der Wind in den rechten Ärmel. Hinauf. Sie raffte den Ärmel um das Gelenk. Presste das Gelenk gegen die Brust. Der Wind nirgends mehr auf die Haut traf. Ungehindert. Nur ins Gesicht. Sie ging weiter. Schnell. Sie musste an das Ende dieses Wegs. Sie musste an das Wasser. Sie wollte diesen Blick haben.

Es war die einzige Möglichkeit. Eine Ähnlichkeit mit einem Meer. In der Nähe von Wien war das die einzige Möglichkeit. Wann hatte sie das erste Mal das Meer gesehen. Wann war sie da gestanden und hatte hinaussehen können. Und im weiten Blick der Druck in der Brust. Weggeseufzt werden hatte können. Weil man immer hinaussegeln hätte können. Und dann immer weiter. Dann wäre es immer weiter gegangen. Endlos. Sie wusste es nicht. Sie wusste nicht, wann das erste Mal. Wann das gewesen war. Sie hatte es wahrscheinlich gewusst. Sie hatte es wahrscheinlich eine lange Zeit gewusst. Es musste in Stockholm gewesen sein. Auf der Reise nach Stockholm. Zu diesem Sommerkurs in Schweden. 63. Sie waren ja nie nach Italien gefahren. Vorher. Die Italiener. Italien. Das war verpönt. Und sie hätten es sich nicht leisten können. Sommerfrische. In der Steiermark. Und der Großvater in Wien. Allein. Der Großvater ein Rentner. Die hatten keinen Urlaub gemacht. Oder war das 1964 gewesen. Oder noch später. Wo war sie denn gewesen. Wo ein Meer. In England. Der Au-pair-Sommer. Mit 17. Da hatten sie mit dem Schiff über den Ärmelkanal. Da war noch niemand geflogen. Da hatte niemand fliegen können. Da hatte sich niemand das Fliegen leisten können. Aber wie war das gewesen. Wie war das dann gewesen. Dieser erste Blick. Zu welcher Tageszeit. Wie war diese Überfahrt. Wie lange. Einsteigen in die Fähre. Aussteigen. Es war nichts da. Es war nichts mehr da. Es war nichts übrig. An Erinnerung. Sie wusste, dass es gewesen war. Dass es so gewesen sein musste. Sie hatte die Sommerferien bei einer Familie in Kent zugebracht. Als au pair. Es war eine schreckliche Zeit gewesen. Sie war müde gewesen. Sie war immer nur müde gewesen. Sie war in einer Müdigkeit gesteckt. Sie war immer in so eine Müdigkeit eingehüllt gewesen. Damals. Eine Verlangsamung war das gewesen. Bewegungen in Zeitlupe. Und deshalb so anstrengend. Sie hatte deshalb nichts gegessen. Sie hatte deshalb nichts mehr gegessen. Dann. Damit sie sich schneller bewegen konnte. Damit sie sich selbst nicht so. Beschwerlich. Damit sie leichter durch diese Mühsal rund um sich. Und in England. Damals. Da hatten alle zugenommen. Sie hatten alle zu viel von diesen bunten Süßigkeiten gegessen und waren dick geworden. Alle anderen waren dicker zurückgekommen. Und keine hatte besser Englisch gekonnt. Jedenfalls nicht in der Schule. Und jetzt gab es keine Bilder davon. Es gab keine Bilder mehr. In ihrem Gedächtnis gab es keine Bilder mehr von dem allem. Kamen die erst später wieder. Und diese kleinen Geschichten. Tauchten die dann erst im letzten Zimmer auf. Wenn man dann nicht mehr hinauskam. Wenn die Ausflüge nur noch ins Spital führten. Vom Pflegeheim ins Spital. Wenn die Welt nur noch eine Aussicht. Wenn man die Welt nur mehr durch ein Fenster anschauen konnte. Wenn das meiste auf der Bahre im Rettungswagen liegen war. Im Rettungswagen vom Pflegeheim ins Spital. Und oben. Am Rand. Über dem Milchglas in den Scheiben durch den schmalen Streifen klares Glas die Welt. Draußen. Die Straße. Und sie hätte mit der Frau Doktor darüber reden sollen. Ob es einen betraf. Ob einem die Welt abging. Ob das alles einem überhaupt abging. Dann. Fehlte einem das. Oder war das Bett und der Rollstuhl. War das dann eben die Welt und der Blick auf die Birke. Dieser Blick ein Privileg. Natur dann überhaupt nicht mehr. Nur noch Zimmer. Gänge und Zimmer. Und Himmel. Freien Himmel nicht mehr. Aber solche Fragen waren nicht möglich gewesen. »Die Presse«. Zeitung vorlesen. Beim Lesen die Geschichten noch armseliger klangen. Schrecklich armselige Texte. Und gleichgültig. Da. Im Vorlesen diese Zeitungsartikel vollkommen gleichgültig wurden. Während des Vorlesens aus diesen Zeitungen sich die Wichtigkeit der Geschichten. Verflüchtigt. Vollkommen gleichgültig, was für eine Steuerreform. Wer gerade Kanzler. Welche Partei. Geschichtslos. In diesem Zimmer die Geschichte aufgehoben. Diese Frau hatte das gesamte 20. Jahrhundert erlebt. Es hatte sie nie jemand danach gefragt. Und sie. Sie hatte sich auch nicht getraut. Das 20. Jahrhundert dieser Frau. Von ihr zu erfahren gewesen und sie war befangen. Weil man nie wusste, wer wo im 20. Jahrhundert. Weil man da vorsichtig war. Im Aufrühren. Aber diese Zimmer. Diese Zimmer und Gänge. Die hoben die Geschichte auf. Diese Zimmer außerhalb der Geschichte. Dann. Nachdem sich die Geschichte an diesen Personen ausgetobt hatte. Dann ließ die Geschichte die Menschen los. Schlug Wunden und überließ einen dann der Zeit. Und die Zeit. Die zerstörte die Wunden. Zerstörte die Wunden in Narben. Und das war dann das Leben gewesen. Das Zusammenziehen des klaffenden Fleisches in schmale weiße Streifen. Blutlose schmale Bänder. Blutlose schmale gefühllose Bänder. Schmerzunempfindlich. Narben gehörten nicht zu einem. Narben gehörten nicht mehr ganz zu einem. Narben waren schon ein erstes Gestorbenes an einem. Diese nichts fühlenden Wülste. Eingewachsene Barometer. Der Vater immer voraussagen hatte können, ob es regnen würde. In 2 Tagen.

Der Wind schräg von vorne. Der Wind kroch unter den Mantel. Ein harter Windstoß. Der Mantel vorne aufgerissen. Der Mantel zurückgeschlagen. Die Kälte die Schenkel herauf. Sie zog den Mantel zurück. Hielt ihn vorne zusammen. Sie hatte den Hochstand fast erreicht. Von da war es nur noch kurz. Und auf Hochstände nicht mehr. Als Kind auf jeden Hochstand geklettert war. Auf jeden Hochstand klettern hatte müssen. Von oben. Immer von oben alles sehen. Die Mutter von unten herauf gerufen. Der Vater dagestanden. Dagestanden und nichts gesagt. Nie etwas gesagt. Freundlich nie etwas gesagt. Ein hellgrauer Schatten. Der Vater in der Erinnerung ein grauschimmernder Schatten. Und die Mutter ein grasgrüner Kegel.

An der Kehle ein Kratzen. Sie hätte nicht so laufen sollen. Sie hätte nicht so scharf atmen sollen. Eine Verkühlung. Eine Halsentzündung. Wenn sie krank würde. Wenn sie dann nur auf Fernsehen reduziert war. Nicht hinauskommen. Wenn sie in ihrem Häuschen sitzen bleiben musste. Und so tun, als wäre sie nicht da. Wenn dieser Makler wieder anläutete. Der das Haus haben wollte. Weil es zum Nachbargrundstück dazu. Dann konnten sie ein Riesenhaus bauen. Das Haus von Gerhards Eltern niederreißen und eine Anlage. Eine Appartementanlage. Luxuswohnungen im Grünen. Und sie sollte die Energie aufbringen. Für sie wäre es viel besser, irgendwo oben. Irgendwo hoch oben und hinunterschauen. Eine kleine Wohnung und eine Aussicht und eine Garage. Mehr brauchte sie ja nicht. Und sich um ihr Herz scharen. Rund um ihr Herz leben. Und zusehen. Zuspüren. Wie der Riss. Wie diese Linie immer schärfer. Wie alle Narben sich zusammenzogen auf diesen Schnitt in der Brust und dann brechen. Dazu wäre eine Aussicht gut gewesen. Mit einem Blick weit ins Land sterben. Aus diesem Blick ins Nichts. Bei »Exit« lag man in einem dunklen Zimmer. Die Frau Doktor. Die hatte zur Tür gesehen. Die war so im Bett gelegen, dass sie zur Tür gesehen hatte. Die hatte dann nicht mehr auf ihre Birke. Sie war ja auch in der Nacht gestorben. Um 4 Uhr. Ungefähr. Aber sie war allein gewesen. Sie hatte es allein erledigt. Das hatte sie sicher auch so gewollt. Aber das sagte ja nichts darüber, was jemand brauchte. Obwohl. Sie hatte es vollkommen aufgegeben. Ohne Gerhard hatte das auch keinen Sinn mehr. Gar keinen Sinn hatte das mehr. Etwas verlangen und das Gegenteil wollen. Gerhard hatte das verstanden. Das hatte zur Diagnose gehört. Die er geliebt hatte. Und es war nicht wirklich anders. Anders als bei allen anderen. Die fällten eben die Diagnose eines Geschlechts. Übereinander. Die sagten, das ist ein Mann und den liebe ich jetzt. Oder eine Frau. Oder was immer. Und der Gerhard hatte ihre Verstörtheit geliebt. Sie hätte sich nicht mehr ändern können. Wenn sie auf eine Bühne gestiegen wäre und die Donna Anna gesungen. Den Gerhard hätte der Schlag getroffen. Er hätte sofort aufhören müssen, sie zu lieben. Er hatte ja die aufgestauten Arien in ihr gewollt. Wenn die entströmt wären. Er hätte sie entleert sehen müssen. Aber die anderen. Die konnten sich von der Diagnose ihres Geschlechts ja auch nicht erholen. Die mussten dann ja auch für immer die Frau bleiben. Oder der Mann. Oder was immer. Und die Frau Doktor. Die war eine Frau bis zum Ende gewesen. Die hatte den pickeligen Pfleger angestrahlt. Wenn der pickelige Pfleger hereingekommen war. Auf sie hatte die Frau Doktor dann nicht mehr geschaut. Wenn der die Tür nur aufgemacht hatte, dann konnte sie gleich zu lesen aufhören. Aber die alte Dame hatte ohnehin nur aus Höflichkeit still gehalten. Die wollte kein Gespräch mehr führen. Die wollte pickelige Pfleger, die ihr den Malzkaffee hinstellten. Wurde man da hingedemütigt. Ging diese Verkleinerung. Ging dieses Immer-weniger-etwas-wert-Sein. Dieses Immer-weniger-gesehen-Werden. Ging das bis dahin. Bis man froh war. Dass man froh sein musste. Dass man das so fröhlich hinnahm. Dankbar. Ging das so lange mit dieser Verachtung, bis man dankbar geworden war. Dann. Am Ende am besten nur noch Dankbarkeit. Nichts übrig als eine einzige Dankbarkeit. Und sie konnte das nicht. Das war in ihrem Geflecht von Störungen nicht enthalten. Sie war masochistisch. Sie konnte sadistisch sein. Sie hatte Kontrollzwänge. Sie hatte Ängste. Sie war paranoid. Hypochondrisch. Sie hatte alles. Aber sie hatte nirgends eine Kapazität für Dankbarkeit. Und wofür auch. Dafür, dass einem diese Katastrophe an Geschichte übrig gelassen worden war. Dafür, dass ihr Großvater es nicht notwendig gehabt hatte, die Konsequenzen zu ziehen. Dafür, dass der so vollkommen ein Nazi war, dass er keiner anderen Definition unterworfen war. Und darin immer der Sieger. Dass ihn keiner treffen konnte. Der Großvater war der perfekte Paranoiker gewesen. Und wahrscheinlich war das die wahre Unabhängigkeit. Den hatte dann nur die Zustimmung von der Gerda fertig gemacht. Der war dann unter diese Zustimmung geraten. Aber nicht zu seinem Schaden. Nie zu seinem Schaden. Und das hatte er ja nicht weitergegeben. Darin hatte er versagt. Aber wiederum nur zu ihrem Schaden. Ein Schwein war sie nun nicht geworden. Nicht einmal eine Bühnensau. Sie war nicht der Sopran geworden, der den anderen Sängern durch die Arien ging. Der mit Gesten und Wendungen die Blicke auf sich zog. Die die Schönste war und von niemandem übersehen werden konnte. Neben der alle anderen Statisten wurden. Und die dann noch das hohe E nachschickte. Und alles schlechte Benehmen verziehen wurde. Dafür. Die gerade nur dafür geliebt worden wäre. Eine Siegerin. Starb jeden Abend und kam dann vor den Vorhang. Holte sich ihren Lohn. Strahlte das Publikum an. Wie die Hure den Stammkunden. Eine Tätergemeinschaft. Ein Abkommen.

Sie ging. Der Kanal ein wenig nach rechts hinüber. Der Weg nach links. Die Bäume schon zu sehen. Hohe Büsche am Rand der kleinen Wiese zum Strand hin. Der Schnee auf den Hügeln links. Lila. Lila leuchtend. Schon wieder Abend. Die Sonne hinter den Hügeln. Sie ging. Sie hielt den Schal um den Hals fest. Hielt den Schal vor den Mund. Den Hals zu schonen. Der Kopf leer. Vom schnellen Gehen in der Kälte. Sich fast schwindelig fühlte. Und im Augenblick ja alles gut. Im Augenblick. Sie dachte darüber. Sie dachte immer darüber. Über das Sterben dachte sie immer so von oben. Von oberhalb. Sie war nicht mitten drin. Obwohl sie natürlich mitten drin war. Sein musste. Bei der Frau Doktor. Mit 99. Da war es ganz klar gewesen, dass die mitten drin war. Dass es. Dass es sein würde. Dass es sein musste. Und würde sie so unberührt sein können. Wie die. Die anderen. Der Opi Mitwalli. Der immer lächelte. Lachte. Die Frau Horvath. Die gehen musste. Die Frau Doktor. Die war dagesessen. Mitten in diesem Vorgang. Ruhig. Meistens. Arbeit hätte sie haben wollen. Arbeit. Eine sinnvolle Beschäftigung hätte sie. Glücklich. Eine Arbeit hätte sie glücklich gemacht. Aber das war so ein Continuo. Das sagte sie so. Das war aber dann auch nicht wichtig. Meistens. Nichts war wichtig. Leute nicht. Dinge nicht. Der Sohn. Nach dem hatte sie gefragt. Und von ihren Enkelkindern hatte sie manchmal etwas gesagt. Was macht mein Sohn. Meine Enkelin studiert Medizin. Und die andere Architektur. Wie mein Großvater. Glatte einfache Sätze. Ohne Gefühle. Kristallin. Und es wäre nicht zu fragen gewesen. Es wäre nicht möglich gewesen, eine dieser Fragen zu stellen. Zu fragen, was sie noch von sich wüsste. Was sie noch von sich spüren könnte. Oder ob das alles nur noch Ungemach und Schmerzen war. Und ob sie. Ob es. Ob es eine Erlösung sein würde. Für sie. Ob sie so daran dachte. Ob sie überhaupt daran dachte. Oder ob sie nur dasaß. In aller Ruhe dasaß und es geschehen ließ. Weil sie klüger war als sie. Und dann aber doch die Geschichte vom Vater. Vom Vater, der schluchzt bei ihrer Hochzeit. Und dass sie dann gewusst hatte, dass er sie ja doch gern gehabt hatte. Dass er sie ja doch gern haben hatte müssen. Wenn er weinte. Weil sie von zu Hause wegging. Und wahrscheinlich war sie von zu Hause weggegangen, weil sie gedacht hatte, dass der Vater sie nicht liebte. Und weil sie weggegangen, hatte sie herausgefunden, dass er sie doch. Aber da war sie dann schon weg. Und dann war die Hochzeit ja doch so ein wagnerianisches Unternehmen. Ein Opfer. Ein Mädchenopfer. Sie hatte sich geopfert, um die paar Schluchzer vom Vater zu hören. Einen Geschäftsfreund des Vaters. Sie hatte einen Geschäftsfreund des Vaters geheiratet. Aus Triest. Sie 17. Der Mann. Wie alt war ein Geschäftsfreund des Vaters. Über 30 auf jeden Fall. Da war sie also fortgegangen, damit sie erfuhr, dass der Vater sie ja doch geliebt hatte. Dass ihr Vater sie geliebt. Und wie lang das schon wieder her war. Dass die Frau Doktor. Eingeschlafen. Eingeschlafen, hatte die Oberschwester Erna gesagt. Sanft eingeschlafen. Wenn aber doch niemand im Zimmer gewesen war. Sie hätte zum Begräbnis gehen sollen. Aber was hätte sie gesagt, wer sie war. Und sie wollte diese Leute nicht sehen. Sie hätte die Verwandtschaft nicht kennen lernen wollen. Der Sohn. Eine Vorstellung. Einer, nach dem immer gefragt worden war. Nach dem die Mutter sich besorgt erkundigt hatte. Immer wieder. Immer wieder mit der gleichen Frage. Mit den gleichen Worten. Was er jetzt mache. Als erführe sie nie etwas von ihm. Nur immer über ihn. Fotos. Fotos hätte sie gerne gesehen. Wie die Frau Doktor ausgesehen hatte. Aber das war ja schon gar nicht auszuhalten. Das war Oscar-Night-Kitsch. Ein Potpourri von Bildern. Und einem das Herz abdrückte. Wie schön und jung und edel alle gewesen. Mit welcher Leichtigkeit die da auf den Bildern standen. Wie sicher. Wie selbstverständlich. Wie unverwundet.

Sie ging. Kaum ein Wind. Sie ging langsamer. Hielt den Schal unter dem Kinn zusammen. Der Hals war. Der Weg eine Biegung. Nach links. Eine Holzhütte. Die Fenster vernagelt. Zwei kleine Segelboote. Aufgestellt und die Masten in den Boden gerammt. Sie ging abwärts. Zum Wasser. Am Rand Steine. Auf den Grund zu sehen. Das Wasser schaukelte. Leicht. Leise raschelnd die Steine entlang. Nach rechts das Schilf. Die Wasserfläche nach drüben offen. Über den See sehen konnte. Und nach links den Bogen des Wassers gegen den Bogen der Hügel. Der Himmel blasser geworden. Durchscheinend blassblau. Die Wolkenschleier nicht mehr auszunehmen. Die Wasserfläche dunkel.